日记背后的历史

海盗的俘虏

小人质伊夫的日记 | 1718年 |

Dominique Joly

〔法〕多米尼克·若利 著

郭文严 译

人民文学出版社
PEOPLE'S LITERATURE PUBLISHING HOUSE

著作权合同登记号　图字 01-2019-0625

Yves, captif des pirates

图书在版编目（ＣＩＰ）数据

海盗的俘虏：小人质伊夫的日记 /（法）多米尼克
·若利著；郭文严译. -- 北京：人民文学出版社，
2023
　（日记背后的历史）
ISBN 978-7-02-018143-8

Ⅰ.①海… Ⅱ.①多… ②郭… Ⅲ.①儿童小说－长
篇小说－法国－现代 Ⅳ.①I565.84

中国国家版本馆 CIP 数据核字 (2023) 第 134635 号

责任编辑　李　娜　　王雪纯
装帧设计　李苗苗

出版发行　人民文学出版社
社　　址　北京市朝内大街 166 号
邮　　编　100705

印　　刷　凸版艺彩（东莞）印刷有限公司
经　　销　全国新华书店等

字　　数　72 千字
开　　本　890 毫米 ×1240 毫米　1/32
印　　张　5
版　　次　2023 年 5 月北京第 1 版
印　　次　2023 年 5 月第 1 次印刷

书　　号　978-7-02-018143-8
定　　价　39.00 元

如有印装质量问题，请与本社图书销售中心调换。电话：010-65233595

序

老少咸宜，多多益善
——读《日记背后的历史》丛书有感

钱理群

这是一套"童书"；但在我的感觉里，这又不止是童书，因为我这七十多岁的老爷爷就读得津津有味，不亦乐乎。这两天我在读"丛书"中的两本《王室的逃亡》和《法老的探险家》时，就有一种既熟悉又陌生的奇异感觉。作品所写的法国大革命，是我在中学、大学读书时就知道的，埃及的法老也是早有耳闻；但这一次阅读却由抽象空洞的"知识"变成了似乎是亲历的具体"感受"：我仿佛和法国的外省女孩露易丝一起挤在巴黎小酒店里，听那些平日谁也不注意的老爹、小伙、姑娘慷慨激昂地议论国事，"眼里闪着奇怪的光芒"，举杯高喊："现在的国王不能再随心所欲地把人关进大牢里去了，这个时代结束了！"齐声狂歌："啊，一切都会好的，会好的，会好的……"我的心都要跳出来了！我又突然置身于3500年前的神奇的"彭特之地"，和出身平民的法老的伴侣、十岁男孩米内迈斯一块儿，突然遭遇珍禽怪兽，紧张得屏住了呼吸……这样的似真似假的生命体验实在太棒了！本来，自由穿越时间隧道，和远古、异域的人神交，这是人的天然本性，是不受年龄限制的；这套童书充分满足了人性的这一精神欲求，就做到了老少咸宜。在我看来，这就是其魅力所在。

而且它还提供了一种阅读方式：建议家长——爷爷、奶奶、爸爸、妈妈们，自己先读书，读出意思、味道，再和孩子一起阅读，交流。这样的两代人、三代人的"共读"，不仅是引导孩子读书的最佳途径，而且还营造了全家人围绕书进行心灵对话的最好环境和氛围。这样的共读，长期坚持下来，成为习惯，变成家庭生活方式，就自然形成了"精神家园"。这对孩子的健全成长，以至家长自身的精神健康，家庭的和睦，都是至关重要的。——这或许是出版这一套及其他类似的童书的更深层次的意义所在。

我也就由此想到了与童书的写作、翻译和出版相关的一些问题。

所谓"童书"，顾名思义，就是给儿童阅读的书。这里，就有两个问题：一是如何认识"儿童"，二是我们需要怎样的"童书"。

首先要自问：我们真的懂得儿童了吗？这是近一百年前"五四"那一代人鲁迅、周作人他们就提出过的问题。他们批评成年人不是把孩子看成是"缩小的成人"（鲁迅：《我们现在怎样做父亲》），就是视之为"小猫、小狗"，不承认"儿童在生理上心理上，虽然和大人有点不同，但他仍是完全的个人，有他自己的内外两面的生活。儿童期的十几年的生活，一面固然是成人生活的预备，但一面也自有独立的意义和价值"（周作人：《儿童的文学》）。

正因为不认识、不承认儿童作为"完全的个人"的生理、心理上的"独立性"，我们在儿童教育，包括童书的编写上，就经常犯两个错误：一是把成年人的思想、阅读习惯强加于儿童，完全不顾他们的精神需求与接受能力，进行成年人的说教；二是无视儿童精神需求的丰富性与向上性，低估儿童的智力水平，一味"装小"，卖弄"幼稚"。这样的或拔高，或矮化，都会倒了孩子阅读的胃口，这就是许多孩子不爱上学，不喜欢读所谓"童书"的重要原因：在孩子们看来，这都是"大人们的童书"，与他们无关，是自己不需要、无兴趣的。

那么，我们是不是又可以"一切以儿童的兴趣"为转移呢？这里，也有两个问题。一是把儿童的兴趣看得过分狭窄，在一些老师和童书的作者、出版者眼里，儿童就是喜欢童话，魔幻小说，把童书限制在几种文类、有数题材上，结果是作茧自缚。其二，我们不能把对儿童独立性的尊重简单地变成"儿童中心主义"，而忽视了成年人的"引导"作用，放弃"教育"的责任——当然，这样的教育和引导，又必须从儿童自身的特点出发，尊重与发挥儿童的自主性。就以这一套讲述历史文化的丛书《日记背后的历史》而言，尽管如前所说，它从根本上是符合人性本身的精神需求的，但这样的需求，在儿童那里，却未必是自发的兴趣，而必须有引导。历史教育应该是孩子们的素质教育不可缺失的部分，我们需要这样的让孩子走近历史、开阔视野的人文历史知识方面的读物。而这套书编写的最大特点，是通过一个个少年的日记让小读者亲历一个历史事件发生的前后，引导小读者进入历史名人的生活——如《王室的逃亡》里的法国大革命和路易十六国王、王后；《法老的探险家》里的彭特之地的探险和国王图特摩斯，连小主人翁米内迈斯也是实有的历史人物。每本书讲述的都是"日记背后的历史"，日记和故事是虚构的，但故事发生的历史背景和史实细节却是真实的，这样的文学与历史的结合，故事真实感与历史真实性的结合，是极有创造性的。它巧妙地将引导孩子进入历史的教育目的与孩子的兴趣、可接受性结合起来，儿童读者自会通过这样的讲述世界历史的文学故事，从小就获得一种历史感和世界视野，这就为孩子一生的成长奠定了一个坚实、阔大的基础，在全球化的时代，这是一个人的不可或缺的精神素质，其意义与影响是深远的。我们如果因为这样的教育似乎与应试无关，而加以忽略，那将是短见的。

这又涉及一个问题：我们需要怎样的童书？前不久读到儿童文学评论家刘绪源先生的一篇文章，他提出要将"商业童书"与"儿童文学中的顶尖艺术品"作一个区分（《中国童书真的"大胜"了吗？》，载 2013 年 12 月 13 日《文汇读书周报》），这是有道理的。或许还有一种"应试童书"。这里不准备对这三类童书作价值评价，但可以肯定的是，在中国当下社会与教育体制下，它们都有存在的必要，也就是说，如同整个社会文化应该是多元的，童书同样应该是多元的，以满足儿童与社会的多样需求。但我想要强调的是，鉴于许多人都把应试童书和商业童书看作是童书的全部，今天提出艺术品童书的意义，为其呼吁与鼓吹，是必要与及时的。这背后是有一个理念的：一切要着眼于孩子一生的长远、全面、健康的发展。

因此，我要说，《日记背后的历史》这样的历史文化丛书，多多益善！

2013 年 2 月 15—16 日

1718年4月—8月

罗亚尔港，1718年4月12日　星期二

出发的日子近在咫尺，就是明天了！

写下这些文字时，我心潮澎湃，仿佛自己已经远航，远离这里了……

我手握崭新的羽毛笔，笔尖游走在新日记本的扉页上。我开始记述即将在千里之外展开的新生活，就在祖先们的土地上，在法兰西王国可爱的布列塔尼地区。

"还没这么快，我的小伙子！你还没到圣马洛港呢！"那时我刚刚在课堂上宣布了这一重大消息，小学老师贝纳克先生这样回答我。

然而他两眼还是绽放出了喜悦的光芒。他朝我叔叔的图书馆走去，拿出一大张地图，小心翼翼地慢慢展开，铺在办公桌上。然后他颇为满意地搓了搓双手，伸出食指，比画着上面的大海还有周边的陆地。

算术、几何、地图绘制、地理等轮番轰炸，就是为了说服我别走。整整几个小时，他就像疯了似的围绕着这张地图坐立不安，反复脱脱戴戴他的圆框眼镜。他就是停不下来了！而我，坐在椅子上打着哈欠，不耐烦地指手画脚……没有什么比想到这个没完没了的场景更能让我捧腹大笑的了！

我讲述这些是想说明我很喜欢贝纳克先生，即便他总是不放过任何一个教育我的机会。昨天，当他来向我道别时（同时也顺便来付我叔叔的酬金），我被他感动了。

"拿着，我亲爱的学生，别以为你一登船就可以把我从你的记忆里抹去了……"

我惊讶地抬抬眉毛。他到底要干什么？

说着，他从包里拿出些东西，一样一样地递给我：几本线装日记本（我认出来是我叔叔缝的），五支全新的修剪好的鹅毛笔，还有满满一瓶中国墨水。这简直是一套完整的抄写员的家当！我开始猜测他葫芦里卖的什么药……

他对自己造成的惊讶效果感到满意，便接着

说道：

"亲爱的伊夫，好好利用这次航行，记得每天都要记录你在船上的生活，把它保存在记忆里。相信我，船上一定会发生些什么的，而有时候时间又会过得很慢！"

我叔叔就在我们身后，颇为同意他上司的观点。他上一次出海是几个月前，谁知道贝纳克先生是不是也讲过这些话！

乍一想，我觉得贝纳克先生的主意真让人扫兴。我已经开始想象自己在缆绳间耍着杂技、升起船旗、登上船头的精彩生活……他却还规定我做几星期的写字员。转念一想，要不做这个也不难。不管怎样，他怎么知道我到底有没有听他的呢？他绝不会在圣马洛港上等我，就为了检查我写的东西！

今天一早醒来，瞧见摆在文具盒上的这些东西，我又改主意了。尤其是当我轮番拿起一支一支笔在纸上试着涂涂写写的时候。每每听见笔尖与纸张的摩挲声，有关妈妈的温柔回忆又浮现在眼前，仿佛我又回到儿时，就坐在她旁边，她正教我写字。我费劲地描摹字母时，妈妈总是奋笔疾书，十分轻松惬意。这种摩挲声充满了整间房，让我觉得很安心。如今，妈妈已经不在了。然而只要羽毛笔一触碰纸张，我就沉浸在那种舒适的感觉中。考虑再三后，也许就是出于这些原因吧，我打算记录下我的航行！

星期二到星期三的晚上

夜晚热极了，也没有一丝风，我睡不着！我在床上辗转反侧，一点用都没有，感觉就和大白天一样清醒。过了一会儿，我陷入了半昏沉状态，脑袋里充满了各种念想：明天的登船、叔叔最后的叮嘱、弗洛雷特的泪水、日记本上还有我最初写下的几行文字……突然，我坐了起来，想起来还缺了什么东西。见鬼！我忘了介绍自己。这对一个想要记述故事的人来说真不是个好开头！

为了弥补这个过失，我便在摇曳的烛光下，俯身打开被照亮的日记本。

我叫伊夫·穆瓦桑，十四岁。对有些人来说我已经是个健壮的小伙子。人们认为我应当做那些力气活，比如制呢绒工人之类的，所以明天我就要离开罗亚尔港，离开马提尼克岛，这片美丽宜居的法属殖民地。我来到这里，差不多有……四年了。我的父母都被热病夺走了生命，我的命运便交由家族决定。我被托付给了路易叔叔，他在这座盛产蔗糖的小岛上经营服饰生意。我并不会埋怨这个脾气暴躁又吝啬的人。相反，我还感激他让我接受了良好的教育。现在我不得不去协助另一个叔叔，西蒙。穆瓦桑家族中的呢绒厂归他管，呢绒厂位于圣马洛港，我明天就要起程去他那儿了。

他会不会也像他兄弟一样傲慢呢？长久以来，这个问题一直困扰着我。

我试图回忆和父母一起在那儿生活的情景，但是我一点都记不起来关于那个叔叔的事……只有一个矮胖的身影，还有我一听见就想溜走的大嗓门……我会不会还是如此惧怕他呢？

明天我就要登上"美丽宝贝"号了。这是一艘往返于这座蔗糖小岛和圣马洛港间的三桅商船。船还没进港。船主人——沙博船长，看起来并不是容易相处的人。我的叔叔和他在生意上有往来，托他运送货物，还挺熟的。即便是这样，他还硬是花了几天时间考虑，才同意我搭乘他的船。真是费了番周折！路易叔叔这样告诉我的。他一定花了好长时间交涉，拉高嗓门，威胁他……

"下不为例！"沙博最终说道。

于是我便交了好运！我将要出发去找一个声如雷鸣的叔叔，而且要在至少八个星期的航程中忍受一个固执的船长。勇敢点啊，伊夫！

4月13日　星期三

气死我了！我简直怒火冲天，气恼到了极点……

我连字都写不好了……这时候，我本该已经过了圣-马丁港，却依然待在罗亚尔港的房间里，完全和昨天一样。出发落空了。真是荒谬！

与其像一只被抓回笼子的猴子，还不如拿出日记本来写点什么。这有一种镇静剂般的功效，渐渐让我平静下来。

今天早晨，天空泛起鱼肚白前，我就已经准备好了。弗洛雷特到厨房里给我准备点心，脸色凝重。

"真想不到你今天就要离开我们了！"她叫道，说着便哽咽了。

我知道我的离开让她烦忧不堪。这些天来，她怎么都高兴不起来，屋子里的气氛也比往日更为凄凉。我深知离开她会失去很多，在临别前，我尽可能表现得和蔼可亲、彬彬有礼。

她迅速往我褡裢里塞了一包用布包着的食物，在我脸颊上响亮地亲了一口。然后她便不见了。显然她的感情无比强烈。

我心里也很难受，往家里看了最后一眼，我便跟上叔叔还有仆人塞弗兰，塞弗兰负责帮我把帆布行李包运送到港口。

我们一路沉默不语，来到了岸边。我叔叔还是一贯冷淡的态度，面无表情。塞弗兰也是个寡言少语的人，我紧跟着他，满是睡意。

"'美丽宝贝'号！那儿，伊夫，看那桅杆船头！你瞧见了吗？"塞弗兰伸出手臂大叫道。

每次，当这个老水手靠近港口时，都俨然像是变了一个人。他加快步伐，摇晃着身体，脸上流露出欣喜的神情。在岸边，就是他坐在我边上，向我讲解船是如何前进的。如果我比其他乘客略懂一二，这都多亏他！

看见"美丽宝贝"号沿岸停泊着，我不由得停下了脚步。这简直就是巨轮啊！我真不敢相信自己的眼睛！那三根桅杆高耸入云，船身庞大，威严庄重！想到就要登船起航，我的内心就充满了自豪感。

路易叔叔镇定自若，他跨过舷梯，径直向船长走去。他们简单地相互致意，因为那不是鞠躬的好时候，我们东摇西晃。一只只酒桶由绳索串着，从舱口鱼贯滚入。许多帆布包裹堆在这边，装满了鸡禽的笼子撂在那边，再往前，还有一排排甜面包……

"往这里，沙包！不是！那边！甲板……蠢货！"

船员们饱含激情，在船长的各种指挥下奔跑着搬运货物。过了一会儿，船长找到了我叔叔——他正泰然自若地站在码头上，完全把我给忽略了。船长简短解释了自己装货装晚了，因而要到明天早晨才能起锚。

我两腿发软。出发推迟了，多么令人失望啊！

随后，船长转向我，低声报了他的姓名。然而还不等我自报家门，他便命令我把行李放到船员舱位里，我二话不说照做了。

塞弗兰很高兴能陪伴我。我挎着行李包，跟着他往船内走去。当我看见船员奇怪的表情时，不禁咽了好几次口水。一个水手蓄着浓密的大胡子，另一个脸上刻满了深深的皱纹。还有一个大个子，满脸都是刀疤。

只有一个人微笑着对我说：

"我是巴蒂斯特，帆缆水手。"他虽然矮小，声音却很高，"你呢，你是新来的吗？"

我嘟嘟哝哝地说了几个词。就在这时，一个人高马大的人突然蹿出，还往我的行李包上狠狠踹了一脚，行李包挡了他的道啦。

"别担心，他是海军下士，脾气不好……"水手安慰我道。

我在那儿放下行李，回到岸上，感到无比失落与不快。尽管我的一腔热情打了折扣，但回到家后，我还是惦记着船上的生活！

4月14日　星期四

伊夫，你就高兴吧，船整整航行两个小时了，你已经出发，在广袤的海洋上摇晃着！阵阵清风迎面而来，我深深地呼吸着轻盈的空气。去探险吧！

今天早上，我躲在一个小角落里，避开众人的目光和嘲弄，胡乱写了一些东西，但是没能继续下去。现在不那么吵闹了，我又可以背靠一堆缆绳，重新拿起日记本了。

天才蒙蒙亮，我们的船就起锚了。所有人的目光都转向了我，船上的一大群人把我和码头遥遥隔开。我感到窘迫，双臂下垂，像雕塑一般站在甲板上。我要置身何处呢？在船长的喊叫，海军下士的哨声，还有水手混乱的队伍里，哪儿才是我该待的地方呢？

别杵在这里，我的小男孩！别挡道！让开，嫩手船员！到底舱去！每每我出现在他们面前，他们一个个都这样叫嚣。

当帆缆水手松开缆绳，在帆缆索具间忙碌时，一声清脆的噼啪声吓了我一跳。第一张主桅帆展开了，被风吹得鼓鼓的。

"别这么害怕！一张帆嘛，又不会吃了你！"一个留胡须的小个子对我说道，马上引来了大家的哄堂大笑。

要说自尊心受伤害也毫无用处，难道我注定要成为水手们的笑柄吗？

幸亏船长出现了。

"这个小男孩可不懂行船操作。他搭乘我们的船直到船籍港，圣马洛。与其在这儿嘲笑他，不如展示出你们的才能……他会向你们学习的！"

接着他转向我。

"我们的厨房里总是缺人手。你到那儿会比较有用武之地……跟我来吧。"

我又振作了精神，跟着他顺着楼梯往下走，那楼梯陡得几乎垂直了。我们来到了厨师奥古斯特面前。

他立马心领神会，把我带到了一堆等待削皮的蔬菜面前，有洋葱、萝卜、南瓜，堆得就像小山一样高。我认认真真地开始工作，想着弗洛雷特准备餐饭时的样子。然而过了一会儿，船的颠簸就让我觉得恶心。我感到汗水沿着太阳穴直往下淌。我放下小刀，从楼梯爬上去，往船舷跑去，把所有能吐的东西一股脑儿往外吐。当然，我得再次承受大家的嘲笑。我的学徒生涯真是不易啊！

午餐我几乎没吃几口，只喝了几勺漂浮着面包块和蔬菜的清汤。其他人都显得心情愉悦，随后他们又饶有兴致地吃了一盘肉，我却胃口全无。

"小男孩，你可真挑三拣四！"海军下士嘴里塞满食物，含含糊糊地对我说道，"等到储存的新鲜食物都吃完了，到时候你吃什么呀？"

我没有回答。我害怕出现最坏的情况！

4月16日　星期六

两天来，"美丽宝贝"号全帆航行，航速很快。蔚蓝的天空下，几片云朵乘风而来。波浪起伏舞动，还镶着白色的泡沫。这么美丽的场景，我怎么看都不会厌倦！

也许是沉思的缘故吧，从今天早晨开始，我觉得自己轻松了不少。

具体说来，是醒来以后，我坐在船头，看着一羽海鸥扎向水面。我伸长脖子的时候，突然撞见了弯腰向着我的船长。

"啊，啊！小伙子，你出来溜达了！你都在写些什么啊？我的船员们看你整天弓着背在本子上涂涂写写，他们都觉得惊讶。"他笑眯眯地说道。

我着实吓了一跳，但立马明白他并不是来批评我的。相反，是出于好奇，才这么问我的。

于是，我毫不畏惧地对他讲起了我的老师——贝纳克先生，告诉他这次旅途我想实现的愿望。我很有可能再不会回到安的列斯群岛了，所以我一心想着要记录下这次航行。他用一种疑惑的神情看着我，并不相信我所说的，一言不发地转身离去。

尽管这个人有点古怪，他还是让我轻松了不少。既然大家都知道我主要的活动就是在日记本上写日记，那么我就可以继续下去，并且用不着掩饰了！而且，通过船长的话，我知道了一件非常重要的事情：在船上什么都学得到。所以，伊夫，好好用心记！

昨天，我把船上各个角落都逛了个遍。还有很多隐蔽角落等待我去探索。现在我已经能够辨认方向，并且明白塞弗兰教给我的词都是什么意思了。

为了知道主甲板的长度，我快步奔跑了好一阵子，把甲板都跑遍了。可真是庞大！我绕过三根桅杆，后桅、主桅还有前桅，来到了船头——人们称为"艏"
的地方。那儿装饰着一尊镀金的美人鱼像。楼梯通往
厨房还有船员舱位。我就是在那儿睡觉的。每天晚上，
船员们挂上吊床。一早起床就必须卷起，和其他人的
吊床一起收好，留出空地安放吃早饭用的桌子。食品
储藏室就在隔壁，里面有整个航程所需要的食物。鱼
味混合着香料的气味让人不难猜到里面存放了些什么，
绝对不会和货舱混淆起来的。货舱里存放着包裹、酒
桶、树干以及其他各色商品，它们都堆放在沙包上。
没错，沙包安放在货舱最底层，用来充当压舱物。

母鸡们被关在笼子里，发出咯咯的叫声；一头绵
羊拴在小木桩上，咩咩地叫唤着。于是，我很快便放
弃了躲在这里写日记的念头。更讨厌的是，有一只老
鼠径直钻入货舱，我瞧见了它的尾巴。真恶心！我还
是待在上面吧，即便海风呼啸，但总能呼吸新鲜空气。

我在船上大步走来走去，水手们对我投来鄙夷的
目光。显然，他们并不信任我。我每做一个动作，他
们都待在老远的地方打量我。确实，我昨天无意间出
了个差错。在讲一句话的时候，我说了"绳子"这个

词，然而在船上忌讳说这个词！我倒大霉了！转眼间，我周围的人都变了脸，惊讶不已，我却还不明白发生了什么！

木匠靠近我，向我解释原委。我窘迫地连连道歉，却于事无补了！

※

4月17日　星期天

今天是复活节，星期天，是耶稣复活的日子。早晨，当我们正埋头喝汤的时候，船长又提醒了我们一次。对水手们而言，这是在主甲板上集合的信号。他们站成笔直的一排，唱了一遍《我们的父亲》，两遍《圣母颂》。我跟在他们后面，依样画葫芦。看见这些彪形大汉闭上双眼祈祷，我感到惊讶极了，这和在罗亚尔港时的情形简直有天壤之别啊！那时，他们还像乡村庄园主一般，身穿华服，趾高气扬！

即便是复活节，一天下来也少有得闲的工夫。海风变化无常，要不停地操控船帆。

"帆缆水手去横桁（用来固定船帆的水平杆）！收帆！"风力加大时，船长喊道。

当风力减弱时，他又喊道：

"帆缆水手往上！解帆！"

有时，这些接二连三的号令接踵而至！

帆缆水手们每次都是充满了干劲，冲向侧支索，向上攀登。每根横桁上都有好几个人，他们或卷起或展开船帆，来控制帆接触风的面积。多么有力，多么矫健的身姿啊！

我帮助其他人拉紧绳索，以显得自己有用武之地。我还不知道他们姓甚名谁，人太多了！

"噢，拉啊！"我被他们异口同声的喊叫包围了。

"你还真是健壮啊，小家伙！欢迎你来帮忙！"他们中有一个咧着嘴笑的人对我说道。

晚饭时分，他们都对我刮目相看。这顿饭吃得比平时顺利多了。我还品尝了奥古斯特烹制的黄油煎鸡块。

4月19日　星期二

　　昨天，我只字未写。对于刚刚发生的事情还心有余悸……甲板上发生了可怕的一幕，就在这里。所有违反规定的人都挨了一百下鞭子。船长丝毫不近人情。船员中，没人敢向他通融，只有我感到愤怒，提出了抗议。

　　"这和你没有一丁点关系，小伙子。在船上，我说了算！"他在距离我半米的地方大喊道，两眼迸发出可怕的光芒。

　　事情起因于前一天晚上。一小撮人抵挡不住诱惑，聚集在甲板上打扑克牌，冲动之下他们还打起了群架。吵嚷声不绝于耳，几乎所有被吵醒的船员都来到了甲板上。船长是第一个到的。在海军下士的帮助下，他分开了扭打成一团的水手们。随后，他发现他们在赌钱，于是勃然大怒。这在船上是明令禁止的！

所有人都觉得，过一个晚上他可能就消气了。事实恰恰相反！第二天早上，他的脸上写满了糟糕的情绪。他一边挥舞着鞭子，一边命令违纪者在甲板上出列，脱去衬衫。海军下士抽签来决定，由谁施加惩罚。不幸的人们啊，就要经受一番拷打了，多么不公平啊！

"每人一百下，不够就两百下！"船长怒斥道。

我觉得触目惊心，宁愿堵上耳朵，远离他们，也不去听、去看这叫人伤心的场面！

集体惩罚完毕后，有人搬来好几桶水，冲洗干净甲板上的血痕。所有人都各归其位。我则缩在一边，不想惹人注意。

下午的时候，一个受了处罚的大个子走向我，在我背上友好地拍了一下。他是不是想借此表达对我出面抗议的赞赏呢？我没敢问他，生怕遭到船长的怒斥。

4月20日　星期三

显然，航行并非原地休息那么简单！集体惩罚过后，船体又突然受损了。就在一顿沉默的晚餐后，海军下士一边在甲板上大步来回，一边喊木匠。他还用悬吊着的摇绳来敲响大钟，一定有紧急情况发生了。

不一会儿，我们得知，货舱左舷处有一个漏水洞。

木匠试图把洞堵上。然而当他再回到货舱，和船长激烈讨论后，脸上露出了些许为难的神色。

帆缆水手巴蒂斯特就站在我边上。等船长再次从他的船舱出来，并把门带上时，这个小个子对我说道：

"我和你打赌，我们肯定要改变航向，找一个小岛休息并且修整船体。船长是绝不会允许带着这么个洞远航的！"

"尤其是，他不想浪费他的货物。"边上的人接过话。

"修整船体？"我问道。

"啊！啊！小伙子，什么都得教你！"边上的人说道，"修整船体，就是把船搁浅在海滩上，排出里面的水来维修……"

"嘘！"船长一现身，其他人便叫道。船长一手拿着一张地图，另一只手里握着望远镜。

那两个水手是对的……

"延误是肯定的。"船长宣布决定后继续说道，"如果顺风的话，我们还能挽回些时间。现在，往东航行！掉头！"

所有人都冲向自己的岗位。我思忖着应当尽快靠岸，因为船似乎有些下沉，水透过船身上的孔洞漫了进来！

4月22日　星期五

　　昨天起，我便待在了巴哈马群岛某座岛屿的海滩上。桅杆支索叠成一堆，仿佛一只巨大的受了伤的动物。船就倾斜着靠在上面，露出需要修整的部分。圣马洛港离我多么遥远啊！我都还没准备好到那儿！

　　昨天一整天，我都没有丁点闲工夫来瞎琢磨，有好多活要干呢！我尽一己之力帮忙卸下一些货物，整理船帆，卷起缆绳，加固所有需要加固的东西……这一切让人精疲力竭。夜里，我累得和衣而睡，要不是有人给了我一个帆布包让我躺下，也许我就直接躺在沙滩上了。

　　水手们却有经验得多！他们围坐在篝火旁，一想到大半个晚上可以打扑克、喝朗姆酒，还不违反什么规矩，就两眼放光！

"最要紧的是，别吵吵嚷嚷，不许斗殴！"船长要求道，"大家轮流站岗，守卫好周围！我们谁都不了解这里！"

今天早上，他们都醒不过来。然而大家还是正常开工了。而且，他们还完成了工序中最棘手的一道：把船尽量往岸边拖，使之向一边倾斜，靠着埋在沙子里的木梁上。

船发出一阵很响的噼啪声，慢慢地靠向一侧。木匠拿出一把梯子，立马冲向船体，爬了上去。他果断地发现了被海水、蛀虫侵蚀以至于腐烂了的木板。

"拿着，给你的，这把斧头。你的手臂有用武之地了！"船长一边向周围的人分发小斧头，一边对我说道。

"跟我来，伊夫！"巴蒂斯特立马说道，手握同样的工具。

我就模仿着他：顺着梯子爬上去，不断挥斧，弄掉海藻、贝壳……

"船长是正确的，充分利用这点时间弄干净船体。

这些脏东西对木料来说就是寄生虫，而且还让船越开越慢！"

我喜欢他对我解释的方式，丝毫不嘲笑我的无知。有点像保护我的大哥……因而，在他的鼓励下，其他船员对我也另眼相看起来。加油，伊夫，你正在进步！

4月23日　星期六

今天早晨船长宣布我们必须要有耐心，因为还要三天才能出海！这让我急不可耐，仿佛腿上爬满了蚂蚁。我跑向奥古斯特和其他几个同伴，他们正往树林里去寻找泉水或是淡水河。

当我们回来的时候，三个肩上背着猎枪的陌生人正站在船长面前。

"该死的！海盗！"奥古斯特叫道。

那是三个几乎完全处于野人状态的猎人，海岛的树林里有很多这样的人。

船长神情冷淡，拒绝了他们提出的所有交易：烟熏肉、新鲜水果。尤其，他不愿回答他们的问题。显然，他对他们并不信任。

等这几个猎人走后，船长好长一阵子都沉默不语。然后，他宣布要尽快起锚。

"不能再在此地久留。我们已经被盯上了，小心起见，我们得赶快走。完成修整，明天一早就出发！"

"船长，他们只是猎人！"木匠笑着反驳道。

"当然，却是经常和坏人同谋的猎人！在沿海地区，上帝才知道到处都是这些人。来吧，加紧干！"

现在，我们围着篝火聚在一起，吃着奥古斯特匆匆为我们准备的口粮。大家完成了各项准备工作，终于能喘口气了。几小时里，船已经修好了（即使木匠并不这么认为），重新矗立起来，装上了货。

船长略显放松了些。不过，我想只有当我们真正

起锚时，他才会放下心来。一晚上，十几个人要轮流
值班。夜晚显得很短暂，我要尽量美美地睡上一觉。

❀

4月24日　星期日

我现在只有哭泣的份了。昨晚，我们落入了陷
阱，一伙海盗向我们的营地猛扑而来。我现在就在
"美丽宝贝"号上，不过它已经改名为"复仇"号了，
不知驶往何方。上帝啊，可怜可怜我，保佑我吧！

☾

4月27日　星期三

四天来，我陷入了最糟糕的噩梦。说不清什么时

候才是头。我将会怎样？有时，绝望压抑着我，哽咽着我的喉咙。有时，希望又回来了，让我有了一点勇气，在日记本上写下实情。我的好老师贝纳克先生在把它给我的时候，一定没想到他竟然说中了。我耳畔还响着他的话语："记得每天都要记录你在船上的生活，把它保存在记忆里。相信我，船上一定会发生些什么的……"

我要记录下所发生的一切，专心做好这件事。这样我的各种想法就有了顺序，我也能够看得更清楚。

在那个大家都知道的夜晚，当我们正要进入梦乡时，几声枪响把我们都惊醒了。

"别动，你们被包围了！哈！哈！哈！"

为首的恶棍头子身后还跟着十来个小喽啰，他们全都手握武器，向我们慢慢逼近。在死一般的寂静中，我们一个个起身，惊惧得几近麻木。已经没有反击的时间了！他们的同伙站在那儿，手持匕首，而且海滩上都是他们的人，我们如同笼中老鼠一般。

船长沙博愤怒地咬紧牙关。此时他一定后悔极了，虽然预感到了危险，我们却没能早点出发。这些无耻之徒显然不达目的誓不罢休，反抗也是徒劳的。于是船长示意大家投降，把手枪和匕首都扔向远处。

过了一会儿，一个大个子走了过来。他瞪着凶恶的双眼，厚厚的嘴唇微微张着，露出一排蛀牙。恶魔从玩偶盒子里跑了出来！他穿着军官的制服，镶着镀金纽扣，毡帽紧扣在头上，气势不凡。我们都明白了，他就是海盗头子。所有人都称呼他"闪电"。他嗓音低沉，指着船长，命令道：

"把他捆到树上！把其他人集合到这里，我有话对他们讲！"

他叼着个烟斗，双臂交叉，把我们一个一个地打量了一遍，不怀好意。他要对我们做什么呢？

和船长一起，一无所有地待在这个荒岛上？或者跟着这个海盗头子和他的手下离开这里？这就是我们所面临的选择。

"快啊，赶紧的！立即装船！"他一边喊道，一边投来犀利的目光。

跟这些野蛮人，这伙亡命之徒一起出发？上帝保佑我吧！我浑身都在打战。

在双手被绑起来前，船长往我这个方向抬了抬手臂。

"别把他和我的船员们弄混。他只是个乘客。他的家人把他托付给我的。"

沙博含含糊糊地说要把我留在他身边。这些话让我安下了心。

"乘客？""闪电"嚷道，大步走向我，"又是一个跟我们走的美妙理由，一定能换个好价钱！"

此刻，我觉得脚下的大地在塌陷。所有眼睛都齐刷刷地看向我，而我感到一阵恐惧。和这些狂徒、施虐者一起登船，成为他们的人质，这简直是最糟糕的命运了！

我不得不上船，"闪电"把它改名为"复仇"号。一部分原先挨过船长鞭打的船员和我在一起，我不禁松了口气，即便我和他们并不熟。

巴蒂斯特对我做了个手势，以示告别。我喉咙哽咽，感到无比孤独，只能听任悲戚命运的安排。

同一天　黄昏时分

炮手"铁臂"在检查炮膛时，发现我躲在甲板上。他不久就消失了。然后，他又折返回来，说"闪电"要见我。

"你是从美好世界来的，小伙子！哈哈哈！我的亲信告诉我你会写字，是吗？"当我走进"闪电"的舱房时，他对我弯下腰大声嚷道。

他围着桌子转，还不停地搓着双手说道：

"在这里，除了我，其他人顶多只会签自己的名字，没人会写字！好，你坐在这儿，把我说的规则誊写在这本航海日志上面。至少，这样你就知道该遵守哪些规定了！"

然后他发出一阵冷笑，离开了。

我没有多嘴，咬紧牙关，伏案在这本厚厚的航海日志上写了好一会儿，有二十来条规定。日志上还有沙博船长留下的一些批注。有好几条关于赔偿以及纪律的规定让我背脊骨一凉。我重新誊写了一遍，即便我的手掌因为握拳书写而有些疼痛。

"战斗中失去手臂或腿的，补偿六百埃居。如果受伤，补偿三百埃居……企图逃跑的由海浪来决定其命运，或者被流放到一座岛屿上，只能带一点水、一把手枪、一些火药以及几颗铅制子弹……在船上纵火的、偷窃其他船员的都要接受木板惩罚（我不知道这是指什么）或者死刑。"

誊写完后，海盗们一个个在页面下方签字。他们这样一群人聚集在一块，真像是刚刚从地狱逃出来的！所有人不是衣衫褴褛，便是瘸腿，或者残废。看着这群独眼龙、缺胳膊少腿的海盗只会画十字、心形或是骷髅头作为签名符号，我感到一阵阵恶心。唯一的好处就是能够区分出其中的一些人，知道他们所分配到的活。比如修帆的"野兔爪"，装着条木腿、戴着黑色蒙眼布的食品储藏室

管理员"豁口牙"。看起来身强体壮、却叫"我的
小乖乖"的帆缆水手，还有外科医生"胖子罗贝
尔"……每个人毫无例外都有着各自滑稽怪异的绰
号，令人捧腹。他们姓甚名谁，我想他们自己都不
记得了！我发现"闪电"没有签他的绰号。他用
极漂亮而且优雅的字体写下了：科尔内留斯·勒
当蒂。

4月28日　星期四

　　我并不确定今天是不是28号，只是随意写下了
它，碰碰运气而已。在这群野蛮人中，如何能知道
日期呢？他们只会吼叫、争吵，或是像动物一般狼吞
虎咽。

　　每天晚上都以纵酒聚会而收场。昨天，是我成为
俘虏以来最糟糕的一个晚上。为了庆祝夺取"美丽宝

贝"号，"闪电"下令宰杀货舱里的那头绵羊，作为晚饭。

"好！好啊！"这些人欢呼着，两眼放光，垂涎欲滴。

当烹煮的香味慢慢散发开来时，他们越发激动了。真该来看看他们一个接一个奔向厨房，询问厨师饭菜是否做好的场景。他们几乎没吃几口饭，就已经醉了：他们仰起头灌入一杯杯满满的朗姆酒，边唱边跳，趔趔趄趄，相互对骂。

整个夜晚都吵吵闹闹。为了获得些许的宁静，我到船头海锚旁躺下，就这样睡着了。

今天早上，甲板一片狼藉，不堪入目。酒瓶、酒壶在甲板上滚来滚去，滚到船头睡得最死的醉汉那儿就不动了，被他纹丝不动的身体挡住了去路。我没有看见"闪电"，他也加入了纵酒狂欢，现在还在睡觉。

我快步穿过甲板，海平线在我眼前展开，这样糟糕的历险还要持续多久？

ॐ

4月30日　　星期六

　　为了计算天数、推断出确切的日期，我想了个办法。每过一晚，我就在一根细短绳上打个结。我把绳子放在吊床里，这样就不会忘记。所以我知道，今天是四月的最后一天。我离开罗亚尔港已经十八天了！

　　这些计算让我寒战阵阵，然而我必须强迫自己这样做。这样我才不会变得不知所措，而且也让我时刻意识到在这艘该死的船之外所存在的现实。

　　自被俘虏以来，我就开始做苦工。这和沙博船长时期帮忙性质的工作可是有天壤之别。由于我并不懂什么操作，分配给我的任务基本上是没人愿意做的或是给残疾人做的活。换句话说，就是打杂。每天早晨，我都在冲洗甲板，跪在地板上手脚并用，清洁最隐蔽的角落。"酒瓶清道夫"负责监督我，他总是对我寸步不离，我根本不可能在他眼皮底下耍什么花招。为了防止被阳光晒伤，我用一块头巾把脑袋包裹起来。

海盗们看见我和他们一样的发型，全都拍手称快。不过，这一点也不好笑。

❀

5月4日　星期三

昨天，我以为自己的末日来临了。我现在还心惊肉跳着呢。我不仅被海盗俘虏了，还差点连性命都不保！

临近晚饭的时候，我在厨房打下手。拨炉火时，我拨得稍微猛了些。多么不小心啊！一不留神，一块火炭从锅炉里弹了出来。厨师刚走开，去食品储藏室了，并没有察觉。当我瞧见熊熊烈火开始往不远处叠在一起的帆布堆蔓延时，我连滚带爬地跑上楼梯报告大家。

幸亏，火势很快被控制住了。然而，即使我并非故意的，即使我承认了错误，并且连连道歉，我还是迎来一番劈头盖脸的辱骂、痛斥。

"闪电"出现了。如同我第一次见到他时那样，他转动着凶恶的眼珠。他命令我到甲板上去，面向所有人。他大声骂道：

"你这个淘气鬼，还记得你誊写在航海日志上的最后一条吗？忘记了！那好，我来帮你回想回想，你这个黄鱼脑子：在船上纵火的，要接受木板惩罚或者接受死刑！"

我完全被恐惧攫住，感觉要晕过去了。"闪电"真的会那么做吗？可怜可怜我吧！不要木板惩罚，也不要其他的！不过，我哭也好，道歉也好，挣扎也好，都无济于事。

过了几分钟，送我上西天的盛大场面都准备就绪了。他们搬来了给船员坐的长凳，给头领坐的扶手椅，还有悬空在海面上好几米的木板。然后，我被蒙上了眼睛。

"如果你能够在上面往返三次，那么就可以免于一死！""闪电"说道，为我将要经受的恐惧而幸灾乐祸。

我鼓足勇气，在一片寂静中，一只脚慢慢迈上了木板，紧接着另一只。

就这样摸索着走了好几步，海盗头子突然雷霆般大叫：

"到此为止！"

我感到一只强有力的手抓住了我的手臂，把我拖回了甲板。一阵哄堂大笑声响了起来，真够漫长的。我被他们笑得发窘，脸色发白，我一边转向他们，一边拉下蒙眼布。我上当受骗了！这一切只是为了吓唬我！他们只是想看看我颤抖的样子！多么暴虐、愚蠢的家伙们啊！

我的怒火还没完全平息。我应该更加小心谨慎……如果有一天"闪电"抢走了我的日记本……那我真要去木板上走一遭了，毫无疑问！

三天来，我都在缝补被我烧坏的帆。一来可弥补自己犯下的错误，同时也可学习缝纫，一石二鸟。真想不到，我以前从来没有拿过缝衣针！弗洛雷特，我温柔的弗洛雷特看到我这样，一定会笑话我的！

修帆的"野兔爪"就坐在我边上，他不再那么粗暴易怒，我犯错的时候也不再低声埋怨我了。他变得温和了，和我说话的时候也会看着我了。相比第一天，这是多么大的变化啊！那时他低着头对我发号施令，声音从鼻子里发出来，瞧也不瞧我，只顾自己手中的活。

他负责剪切破损帆布，我负责缝合。缝衣针不停地上上下下，然后打上坚固的结……这些就是我全神贯注做的事。

"注意，布料一定要并排对齐！"他时不时对我吼道。

"野兔爪"装着条木腿。他坐下的时候，木腿迫使他时不时地变换姿势。倘若我试图帮助他挪动或是扶他，他就会对我粗暴起来。他跛着腿快速离开，以证明自己不需要帮助，速度快得惊人，没人敢与他较量。

5月11日　星期三

天气持续晴朗。借顺风之势，船在碧海长浪上微微颠簸着，劈开簇簇浪花。几天来，从左右两舷望去，海平线上都是岛屿。

早晨干活前，我都会久久地、仔细地观察它们。我们到底在哪里？显然，我们并没离开原先的海域：海水始终是青绿色的，在风向固定的海风的吹拂下波动着，高高的天空上飘着朵朵白云……

"是阿巴科群岛！""酒瓶清道夫"看着我疑惑的

神情，揭晓了谜底。

这一次我是幸运的，他心情不错。也许是因为昨天晚上没有纵酒狂欢，他看上去挺乐于进行这场对话。

就这样，我知道了我们正位于巴哈马群岛北面，而且离出发地已经有好长一段距离了。

"这里是海盗的天堂，没有遮蔽，没有避风港。海盗在这儿总是鸿运高照，要想在这里抓住我们是不可能的！"

"酒瓶清道夫"一边说着，一边满意地搓着双手。此时，我试着提了个问题：

"那么，你知不知道我们要去哪儿？"

"天知道！"他说着露出了一口乌黑的牙，"只有船长知道。我们等着瞧吧！"

随后他突然改变了语气：

"快去干活！已经闲聊够了。你让我不停地讲话，啊哈！我识破你的诡计了！"

他的这一转变让我有点不知所措，我马上抓起漂浮在木桶里的大刷子，开始卖力地刷甲板。没一会儿我就感到热了，我应该放慢节奏。

5月12日　星期四

　　我们仍然沿着岛屿航行。除了保持航向，船长不发任何指令。看起来他正在思考着什么，我真想知道啊。然而，若是往长远想，这又有什么用呢？毫无用场，我只是个俘虏，我的命运全由这个恶棍说了算！我所要做的就是克制自己，保持冷静、富有耐心，并且相信我的幸运星。

　　想到我的亲朋们，我便有所宽慰：弗洛雷特、塞弗兰，甚至我的叔叔路易。我时不时地想起他们。过去我所经受的那些冷眼现在看来，显得如此微不足道！我每天写下一行行文字，从中找到片刻慰藉。幸运的是，"闪电"在这方面从来不闻不问。他不来管我，让我独自静静地在本子上涂写。但是我可不能大意，他是识字的，有可能严重歪曲我的意思。我可要谨慎啊！

　　"野兔爪"想到了一个好主意，他决定教我打结。这是另一项让我平静的活动，同时还能消磨时间，我甚至都不曾察觉时间的流逝。看来他们对缝纫学徒工的活还算满意！

　　只要可能，我就用甲板上一堆堆的绳索练习似乎最有用处的吊板结、平结。打这些结可不是轻而易举的！当"我的小乖乖"瞧见我犹豫的时候，他就自高自大起来。他三下两下，变戏法般灵巧地解开、交错、环绕，以至于我都快忽略他那粗壮如猪血香肠的手指了。我明白他为什么要这样做，是为了挑衅"野兔爪"，因为他竟然敢侵占自己的地盘！难道他不是水手中的绳结之王吗？

5月14日　星期六

　　"我的小乖乖"把我纳入了他的保护范围。他总想着教会我有关船只绳索的一切。真是好计划！相较其他人，他对我而言显得重要起来，这也让我可以打发时间。昨天，他想训练我爬到前桅上，向我演示如何操控帆。我有些迟疑，但是没敢告诉他。不管怎样，这并非易事！

事实上，这是个真正的考验。然而，错误在我，我竟然接受了！

我紧紧抓住支索不放，往上爬，绝望地寻找可以支撑双手双脚的地方。

"抬头，别往下看，不然当心头晕了一脚踩空！"

他说得我浑身都僵硬了，我咬紧牙关朝桅楼上爬。在这个小小的平台上，方圆数里尽收眼底，一览无余。然而我无暇观赏，我放弃了跟着"我的小乖乖"继续往上爬的打算。因为船颠簸得太厉害了，我觉得眩晕！

我知道所有在甲板上看我们的人都要笑话我是胆小鬼了。算了！我当不成水手的，希望别再有人想出鬼点子让我再爬上去了！

❀

5月16日　星期一

在船上，应该时刻保持警惕。但当我和"我的小乖乖""酒瓶清道夫""野兔爪""豁口牙"，还有一时想不起名字的仓库保管员在一块儿时，他们并不是那么十恶不赦，我都放松了警惕。虽然他们随时准备干一些最恶劣的暴行，却也有善良与团结的时候。我和这伙大恶棍没什么纠葛，尽量不去惹他们。

他们中间，多米尼克操着浓重的西班牙口音。他脸上满是刀疤，即使沉睡中的模样也让人害怕。他是条真正的毒蛇，两眼到处巡视，腰上总别着把火枪，而且一只手永远按在上面。他身后总是跟着"酒鬼"，比"酒瓶清道夫"更糟糕的醉鬼，因为他喝劣酒。晚上，他咕咚咕咚灌下朗姆酒后就开始见谁都要攻击。他说这样可以消除怒气。小心别挡着他的道了！不过，危险人物之最当数"铁臂"。他的冷酷让我感到胆战。每每无事可干的时候，他总有些怪癖来消磨时间：拔出他的匕首，贴着同伴的脸挥舞，用舌头去舔刀身看看刀刃是否锋利。这场景真是骇人！不过，这里的人都习惯了，并且丝毫不在意。而我，则尽可能离他远点！

昨天晚上，就在我平时栖身的角落旁，这伙人聚在了一起。无奈之余，我也不可能离开，只能等候夜深了——这样他们才不会发现我。

这段时间里，我只能忍受这群无赖的喧闹声。他们哇啦哇啦地大喊大叫，讲述自己干过的坏事。这些把我给吓坏了，真希望没有听见他们的战功啊！有人自夸挖出了一个活人的心脏，并让另一个人生吞下去。另一个人讲述他如何将一个富裕的村庄里的村民全部劫持了，并把他们赶走！

我浑身颤抖着溜到我的吊床那儿，默想着这些男人（更确切地说，是这些残忍的怪兽）虽然只拥有人类最低级的本能，却什么都能做到。

5月18日　星期三

"闪电"吃错了什么药？自他起床起，便大发雷霆、指手画脚，上上下下楼梯。不管他走到哪儿，只要有人挡着路了，就会被他踹上几脚。

船员们都奇怪地撇着嘴，他们还见识过别的呢！

"这不是第一遭，也绝不是最后一回！""我的小乖乖"评论道，"得忍气吞声，卑躬屈膝，等这一阵过去！"

今天早上"闪电"去了货舱，怒火就是在那里被点燃的。我们听到从那儿传来了他异常有力的大嗓门：

"到处都是臭水，你们这群无赖还在等什么？等船都进水了，你们想和它同归于尽？"

当他沿着楼梯走上来时，又传来了一阵怒吼声：

"又有老鼠！到处都是！该死的！为什么让我成天看到这些游手好闲的人？全体船员！全部到甲板上集合！"

水手们睡眼惺忪，顶着乱蓬蓬的头发，衣服也只穿了一半。他们还在缓缓集合，"闪电"的命令就如同连珠炮般迸发了出来。

一队人马负责排出货舱的积水。他们排成长队，从甲板的这头到甲板的那头，接力传递一只只木桶。而我则跟着"我的小乖乖""豁口牙"还有"酒瓶清道夫"驱赶老鼠。

货舱里平日罕有人至，现在则熙熙攘攘，一派忙碌景象！

我的同伴们手持匕首，翻过木桶，把它们滚到一边，连最不起眼的犄角旮旯也不轻易放过。我手握短棍，满心乐意。我讨厌老鼠，更讨厌它们靠近我。"酒瓶清道夫"察觉了我的心思。

"你负责把老鼠赶出来，只要在木桶和包裹上多敲打几下，它们就会四处逃窜。我就在你身后逮住它们！"

好一阵手忙脚乱后，我们俩战果显著，一共逮住了十五只老鼠！"我的小乖乖"和"豁口牙"来回没有少跑，战利品却不及我们，只逮住了六只。

甲板上的战利品展示赢得了全体船员的钦佩。当然，我是例外。看见这些死老鼠尾巴倒挂在舷墙上排成一排，我只觉得恶心。更可怕的是，厨师过来检视这些老鼠，还问晚饭要不要煮这些老鼠！

我不知道他是不是在开玩笑。

"闪电"颇为满意，他拔出匕首，一个个割断了它们的尾巴。老鼠们的尸体躺在了甲板上，尾巴却还留在舷墙上。真恶心！

真希望明天早上干活的时候，这些东西都清理干净了。

5月20日　星期五

真是让人沮丧的一天。这个噩梦什么时候才是头啊？我的脑子里一团糟，理不出个头绪来。只要我停下手里的活，阴郁的想法就一股脑全都挤了进来。我望着海平线自言自语，命运给了我沉重的一击。我的眼泪夺眶而出，像泉水般止不住，这让我觉得好多了。我陷入了最深沉的绝望，仿佛自己就在一口黑暗的井底，只有微弱的光线投进来，而我只能一步一步摆脱它。于是，我捧起日记本，乱涂乱写了好一会儿，这让我暂时忘却了自己苦难的命运。

"伊夫，等到船抵达圣马洛港时，再看看日记本上记录的这一切，会显得多么不可思议！"

我常常会这样想。有时我相信自己能够获救，希望就占了上风。有时候我又觉得不可能，陷入深深的气馁。这就是今天所发生的事情。

5月23日　星期一

今天早上吃早餐时，有个人突然往汤碗里吐唾沫。他盯着自己的碗，目不转睛地看了好一会儿。然后，找出了三颗牙齿！

我等着其他人爆发出阵阵大笑，或是开个玩笑，然而没有。只有死一般的寂静，所有人都低头吃饭，偶尔有勺子碰撞声还有咀嚼声，伴随着肉块滑到汤里的声音。

显然，掉牙齿不是个好兆头。我立马用手摸摸自己那一口牙齿，确定它们仍然坚固地待在老地方。好几个人也纷纷效仿。

现在，炮手助手和外科医生"胖子罗贝尔"一起在食品储藏室里。医生打开他放药品的柜子，进行了检查。那药品柜就是他的宝藏。

有一天，他骄傲地对我说："这个药箱比装满金币的柜子更加珍贵。"然后他给我看了他的宝藏：一堆粉末、油膏，还有他用来配药的药水。"胖子罗贝尔"不仅要在激战后给船员治伤，他同时也是药剂师、剃须匠和理发师。

即便他不能包治百病，可船员们还是十分敬重他。这是从甲板上船员们的对话中听出来的。他们担心病痛，也担心自身的安危。

"这个病在船上出现时，所有人都会被染上的！""铁壁"开腔道，嘴角挂着一丝苦笑。

"闭嘴，你这个乌鸦嘴！""野兔爪"一边站起身来，一边叫道。

他们差点大打出手。这时，"胖子罗贝尔"的身影出现在了甲板上。他神情镇定，所有人都松了一口气。

5月24日　星期二

"胖子罗贝尔"一整夜都守着病人。病人的身体每况愈下，他的脸和牙龈一夜之间肿了起来，并且开始咯血。

这是我从吊床上起来后，经过食品储藏室时，外科医生告诉我的。看着他消瘦的面容，我提议自己可以替他一会儿，这样他就能去休息片刻了。他用一种惊讶的神情看着我。随后，他接受了。

病人躺在简陋的草垫上，双目紧闭，时不时发出阵阵长叹。我按照"胖子罗贝尔"的交代，在他滚烫的额头上放了块湿润的毛巾，给他服下一剂鸦片酊镇静剂。没过多久，他入睡了。我有时间便琢磨起外科器械和整齐排列在药柜里的、各种大大小小的玻璃瓶。从上面的标签，我辨认出了一些拉丁文名词，还有其他的，比如：香蕉树、可可、树胶、金鸡纳。这些东西都能派上什么用场呢？

"胖子罗贝尔"回来了，显得忧心忡忡。他俯身查看病人，并且准备好了给他放血用的器械。当我正准备给他打下手时，一阵雷鸣似的声音嚷道：

"甲板会自己变干净吗？伊夫，你在干吗呢？"

是"酒瓶清道夫"的声音！

我拔腿就跑，想着会不会遭受惩罚。

❀

5月25日　星期三

外科医生已经尽力了，然而病魔还是夺走了这个可怜的水手。他说了一夜的胡话后，在拂晓时分死了。"胖子罗贝尔"告诉我，他得的是坏血病。长期生活在船上的人，常常会得这种病，并大批量地死亡。人们还没找到它的病因，所以这种病也无法治愈。

尽管睡意阵阵袭来，好几次我都差点睡着了，但我仍然陪伴着他。"闪电"睡觉前来询问消息，还给了我一大本书，是《圣经》。"胖子罗贝尔"见我翻动书页，点了点头。我知道他是想听我念几段。

天快亮时，病重的水手痉挛了很久，把我们都唤醒了。他用力把自己从草垫上支撑起来，不久就倒下了。外科医生合上他的双眼，我们默默地待了良久。

他是不是会下地狱呢？他做海盗的时候有没有希望过自己能升上天堂呢？此时，这些念头在我的脑海里晃来晃去。我也向耶稣祷告，祈求宽恕他。也许他犯过许多罪行，不过他应该也有善良的一面。那么，他就没有堕落！

"野兔爪"用一块破旧的帆布把尸体包裹了起来，在尸体的脚上拴了颗炮弹，随后把帆布缝合了起来。

全体船员集中在舷墙边。人们一个接着一个脱帽，低声默念《我们的父亲》祷文。接着，"铁臂"和多米尼克一块把尸体扔进了大海。

我感到心烦意乱，这些人铁石心肠。所有人都面无表情，逆来顺受，仿佛在说："面对死亡，我们早就习以为常了。这对我们来说简直就是家常便饭，我们甚至都蔑视死亡……总有一天它也会把我们带走的！"

整个白天都在一片死寂中度过。没有大声喧哗，没有粗话，也没什么争斗。所有人都坚守岗位，而我则通过写日记来舒缓内心。

5月26日　星期四

"胖子罗贝尔"变得健谈了，我也喜欢和他在一起。他的冷静能够让我镇定，他的乐观帮助我忍受自己作为俘虏的窘迫处境。

聊天时他告诉我，我们正要前往卡罗琳海岸。去那儿并不是要泊岸（海岸警卫到处潜伏着，伺机巡视一切可疑船只），是为了停靠在奥克拉科克岛。

"什么？你不知道？"他问道，看着我疑惑的神情，"那好，我来告诉你吧！'黑胡子'就在那座岛上，那儿可是强盗的巢穴！"

"上帝啊！"我喃喃自语，"难道这个来无影、去无踪的恶棍在这个地方已经作恶多年了？"

他看着我担忧的眼神，大笑了起来。

"你到时候瞧着吧，没那么恐怖的！"说完这句，他就转换了话题。

虽然他的话我半信半疑，但我隐隐觉得可以信任这个人。

5月27日　星期五

离海岸越来越近了，已经能够看见海岛及其沿岸了。"闪电"不耐烦地调整他的望远镜，他也迫不及待了！

昨天，大家伙儿就已经兴奋到了顶点。当船长宣布中途停靠奥克拉科克岛时，船上一片欢呼雀跃。

水手高兴地跳了起来，吊在支索上做各种手势。其他人在甲板上手舞足蹈，"铁臂"荡着秋千，他的伙伴们哼起了小曲——

> 对海盗而言，
> 荣耀算什么？
> 世上的法规，
> 还有死亡都算什么？
> ……

激动的水手们几乎一夜都在咿咿呀呀地合唱副歌。我勉勉强强听录下了几句：

> 美酒流光四溢，
> 美人优雅美丽，

　　炽热的爱情之吻，

　　噢，爱情之……

　　我真担心到了陆地上，酒精会更加刺激他们贫瘠的大脑。要等待最糟糕的情况出现了。

5月28日　星期六

　　当"复仇"号在奥克拉科克岛的小码头上抛锚时，那里已经停着三艘船了。有些船员看见船只高兴地跳了起来，他们马上就会找到老搭档了！

　　不一会儿，帆收了下来，卷在了横桁上面，绳索被整理收纳好，甲板上的东西都整理进了货仓。接着，小艇下水了，船员们争先恐后地急着上岸！

　　"闪电"是最后一个离开船的，就跟在我后面。

　　直到最后一刻，我都盼望他能把我忘记在船上。

怎么能如此天真呢？俘虏独自待着，没人看管，简直荒唐！

　　我背着褡裢，里面装着日记本，满心不乐意地跟着大家。就这样，我坐在了树荫下写日记。我必须再一次培养我不多的耐心了。

🐚

　　　　　　　　　　　5月29日　星期日

　　"起来，小伙子，开工了！"

　　我一夜没睡好，睁开一只眼睛，看见"胖子罗贝尔"粗壮的双腿杵在沙地里。

　　"你可不再是多余的了，'闪电'让我来找你的。有一整船的货物要卸呢！"

　　这简直就是一项浩大的工程。我们就像苦役工一般，排成接力长队，将货舱、小艇和海滩连接起来，把"美丽宝贝"号的货物卸载上岸。"闪电"目不转晴，他恨我们不能搬得再快点，生怕岸上的商人等得不耐烦——因为这些人是唯一能够销赃的。拿到钱如何分赃才是至关紧要的事情！

"闪电"虽不用干活，但他谈下这笔买卖也非易事，情势会如何发展呢？他们鱼贯进入一间小酒馆，我靠过去，偷偷观察买卖的进展。

海盗头子激辩了很久。从里面传出的声音判断，场面颇为紧张、激烈，似乎快打起来了。后来是响亮的嗓音和搬家具的声音。紧接着是一阵寂静。过了一会儿，传来了啤酒杯相碰的声音。成交了。

所有的船员不等"闪电"出现，就齐刷刷地在沙滩上围坐成一圈。分赃的时候到了，绝不能嬉戏打闹！"闪电"一手拿着沉甸甸的钱包，一手握着一张羊皮纸，上面有每个人的份额。他自己拿双份。"胖子罗贝尔""铁臂""酒瓶清道夫"还有"野兔爪"，各拿一份。其他人，都是半份。没有人对此有异议，这都是事先约定好的分配方法，一切都取决于赃款的总额！气氛紧张到了极点！海盗们的双眼放出奇异的光芒，那是对金钱的向往和狂热。这让我感到害怕。他们伸出双手，钱币倒在他们掌心里，他们的眼神和这些钱币一样闪亮。财富就握在手里了，他们得到了！

❀

5月31日　星期二

钱来得快，去得也快！两天来，我忍受着没完没了的胡闹，不知何时才能收场。不到口袋见底，他们是不会停止狂欢的。这是小酒馆老板告诉我的，他可是乐得合不拢嘴！他给那些花天酒地之徒准备的东西简直应有尽有：葡萄酒、大桶大桶的朗姆酒、美味佳肴（他们喜爱的海龟浓汤蔬菜杂烩），还有能歌善舞、不停扭动身体的轻佻女人。总之，这些可怜的海盗是他财富的靠山，而他们还装出一副瞧不起他的样子。然而这没啥大不了的，因为他们停留时间短暂，一会儿就全抛在脑后了！

这种混乱的场面让我恶心。我真是孤苦一人了！

昨天，"胖子罗贝尔"想把我也拉进小酒馆里。他热衷于扑克和赌博。我跟着他去了，在他边上看着。他将他分得的赃款翻了三倍，而且赌得越多，赢得就越多。赌输的人怒目相向，气氛变得紧张了。随后，外科医生骤然放下手里的牌，指责牌友在纸牌上做了手脚。一瞬间，群殴爆发了。我试图为我的伙伴抵挡，却挨了好几下打。桌子、椅子，还有啤酒杯满场乱飞……我慌了神。多么暴力的场面啊！

几小时后，一切仿佛都没有发生过。打乱的东西都物归原位。"胖子罗贝尔"又开始玩扑克牌、赌博，其他人又开始酗酒，他们干燥的喉咙需要滋润。

不过，大部分海盗都没去那儿。他们待在沙滩上，等夜幕降临，另一场狂欢又要开始了。这将是一场令人难忘的狂欢，因为"黑胡子"也来了！

过了会儿，太阳下山后

我承认，我的好奇心占了上风。我也想去一探究竟。我并非想加入他们，而是想见见这个神秘的人物。

出于谨慎，我和这伙人保持了一定的距离。但是，除非是亲眼看见了这一切，不然我怎么也不敢相信。

我到的时候，他们已经喝高了。这些醉醺醺的酒鬼，有的演奏着小提琴和笛子，不过已经曲不成调了；有的搭着同伴的肩膀摇摇晃晃地走路。但这些都不妨碍舞女们站在空酒桶上面，她们扭动着身体，跳着热舞。这对我来说已经不陌生了，因为我已经旁观了好几次。

就在这时，一个高大魁梧、肩膀很宽的男人出现了。海盗们一阵哄乱，让出了一条道。他的脸隐藏在浓密漆黑的胡须下，他的胡须一直长到胸前，用丝带扎成发辫。毫无疑问，就是他了！

为了让自己的登场更显隆重、气派，这个大块头还精心安排了他的出场效果——他在帽子里插了几根线头，出场时，他点燃了线头，一缕缕轻烟萦绕开来，就这样，神秘的"黑胡子"挺身前进。只见他腰际别着一把匕首和一把马刀，斜跨过肩膀的三角巾上挂着六把手枪。

他野蛮地大吼一声，人群中立即传来一片高声回应：

"哇哈！'黑胡子'万岁！"

我浑身颤抖，简直不敢相信自己的眼睛。魔鬼！谁要是不幸和他较量的话，如何抵挡得住呢？

他得意扬扬地加入了仰慕他的人群中，和他们碰杯。人们又滚来了几个酒桶。音乐声更响了，海盗们的热情更高涨了……我简直受够了。

多亏酒馆老板放了个烛台，我在等待睡意来袭、喧闹结束的同时，就着微弱的光亮记下了这骇人的一切。几个小时了，火焰吱吱作响，人们笑声飞扬，叫声在夜色里回响。小酒馆里不断传出咒骂声、叫喊声。这儿真是地狱！

6月1日　星期三

海盗们快从酩酊大醉中醒来了。"闪电"和他的手下们东倒西歪地睡在地上，依然在最深沉的梦乡中。这样的场景，需要我有更多的耐心。

我逛遍了整座岛，靠近过"黑胡子"的营地，大步沿着沙滩走，和酒馆老板交谈，观察可疑的商人。我还能做什么呢？无事可做，除了用尽全力宣泄我的愤怒和绝望。

6月2日　星期四

"闪电"清醒了。好一会儿，他都在小酒馆里和另一群海盗激烈地讨论着什么。显然，他又有主意了。

"胖子罗贝尔"似乎知道"闪电"在谋划些什么，但他只字未言。他觉得明天早晨前我们是不会起锚的，"闪电"在出发前得见见"黑胡子"。

上岸后四处寻欢作乐的海盗们，也都接二连三地回来了。他们纵欲过度，面容憔悴，两眼发红。他们将金钱挥霍一空，沮丧地坐在沙地上，陷入沉思，一片沉默。船泊在了岸边。或许，他们正想着下一次激战，还有未来的战利品。我似乎能感受到他们炯然的目光。

日落时分

我就着最后一点光亮，记下今天的见闻。再过一会儿，就太晚了。

白昼漫漫无期。我唯一的消遣就是看酒馆老板在海滩上支起架子，烤鱼和肉。我以前从没见过这种装置。四段树干支成叉形，插在沙地里，上面架着一个木质栅栏。厨师把他想烤的东西摆在上面：鱼肉、鲜肉还有各种大小的蜥蜴。（真恶心啊！）接着，在支起的架子下，他生起了火。我们坐在一边无所事事，他便让我们把他抱来的青色木柴往里添。木柴燃起来了，浓烟滚滚，栅栏连同上面的食物立马被缭绕的烟雾包裹着，我们也不例外！

为了对我们表示感谢,这个蹩脚的厨师给了我们一份剩下的海龟浓杂烩(永远只有海龟),我们毫不费力地吞咽了下去。"胖子罗贝尔"请客喝酒,他前一天晚上已经把所有的赌资挥霍一空了!现在,他们又开始酗酒了。"酒瓶清道夫"和"酒鬼"才刚醒酒,又再次喝得酩酊大醉,仿佛四天来他们身体里的酒精还不够似的!

6月3日　星期五

我们终于起锚出海了。"复仇"号到处都咯咯作响,颠簸得厉害。渐渐地,我们到了公海,顺风而行,一切都很好。我重新读着以前写的日记,感觉一阵自豪。我自言自语道:"伊夫,你看,你的水手生涯开始了。这次旅途结束前,你一定能学会一点东西的!"

整条船都沉浸在愉悦的氛围中。水手们感到满足，重又找回了各自的习惯，围着新上船的伙计们打转。他们很快就相互认识了。身上的刀疤、不修边幅的穿着，都让他们惊人地相似。他们同样举止粗俗，目光中流露出对掠夺和激战的贪婪。总而言之，这群新家伙看起来并没有什么特别之处！我鄙夷地观察着他们，寻思着为什么他们被招募了过来。没过多久，"闪电"就揭晓了谜底。

他红光满面，声音郑重庄严，邀请新人到他的舱房里订规矩。然后，他命令所有人一同集合。

他待在甲板的楼梯上，站得高高的，骄傲地扫视了一遍他的船员。随后，他极庄重地说道：

"我要和大家通报一件非常重要的事情。"

这样的话他平日里从来都没说过。

船员们颤抖着安静了下来。

"闪电"继续道："'黑胡子'告诉我，有一队西班牙武装商船，满载着金子，在三天前离开了哈瓦那，驶往西班牙……"

他顿了顿，接着说道：

"贸然行动是十分危险的。这些船只都武装到了牙齿，并且很快就可能与我们狭路相逢。但是，如果我们能够迷惑其中一艘，引诱它改变航向，再拦劫下来，我们这一票就大有利润可图了！"他越说越激动，声音都拔高了不少。

水手们发出低沉的叫声，他们已经开始摩拳擦掌了。

"好！同意的举起手来。""闪电"提议道。

很快，一只只手臂纷纷举了起来，仿佛小树林一般。

"向西班牙冲啊！钱都是我们的！"他们震天般地齐声喊道。

见船员如此团结，"闪电"满意极了，容光焕发。

人群中喧闹声渐渐弱了下来，但一个尖声尖气的、略带鼻音的嗓音仍声嘶力竭地喊道：

"向西班牙冲啊！钱都是我们的！"

这是谁呢？所有人的目光都瞄向了一个新来的人，他的肩膀上栖息着一个奇怪的家伙。是一只鹦鹉！

"闪电"大笑着，露出满口烂牙慢慢离开了，其他船员也都哈哈大笑。多么令人惊奇啊！船上有只会说话的鸟！

很长一段时间里，这只鹦鹉都是万众瞩目的明星。它待在高高的栖木架上，看着船员们忙进忙出。每个人都努力对它做手势、扮鬼脸，装腔作势，然而毫无用处，它就是一声不吭。它只会跳来跳去，眼珠子像弹珠一样转悠两下。我和其他人一样，都被它逗乐了。但这只是暂时的乐趣，令人无法忘记的片刻欢愉。新的消息已经发布：又要袭击一艘船了。我的小心脏又开始怦怦地乱跳。

6月5日　星期日

两天以来，船向着正东，朝百慕大驶去。"闪电"计划在百慕大群岛沿岸地区寻觅、跟踪这艘船，并展开袭击。

船上的气氛开始变得紧张。"闪电"越来越烦躁。他一整天都靠在舷墙上,观察海平线。他时不时猛地抓过望远镜,对准一只眼孔旋开,又愤怒地放下。什么都没看到!

就连最微小的动静也会激怒他:没有卷妥帖的绳索、一桶挡住他去路的水、食之无味的肉,或是太大声说话……

不得不提的是,几天以来,天气变得炎热无比。海风也几乎没有带来任何清凉。炎热把一切都搅乱了!水手们为了在甲板上风帆的一点影子里占点儿阴凉处而吵嚷,甚至拳脚相向!假如有人要拿起水桶从头往下地冲凉,那么吵嚷就要演变成群殴了。

另外,新来的人要融入群体中并不容易。他们总是待在一边,在他们的大胡子下嘟嘟哝哝,对任何无关紧要的指责都感到不满。这让"闪电"很恼火。好几次,我看见"闪电"对他们投去了严厉的目光。只要逮着机会,他一定会惩罚他们的!

幸好还有鹦鹉"蒂蒂"。至少它还能逗大伙乐一乐,带来点轻松活泼的气氛。

　　显然它喜欢船长，因为它喜欢重复他的命令！昨天下午，所有人都被它的尖叫声震惊了：

　　"往上，帆缆水手！往上，帆缆水手！"

　　在执行命令前，一个帆缆水手用目光找寻"闪电"。这命令不可能是他发出的，因为他根本不在甲板上！

　　水手们想让鹦鹉模仿他们的话，然而都失败了。简直不可能让它从那钩子般的嘴里蹦出一个音来。多么奇怪的鸟啊！它脑子里究竟在想些什么？

✿

6月6日　星期一

　　今天，所有的船员都神经紧张。是因为持续不减的酷热，动手前的等待，还是船长担心已经错过的、窥伺不到的船队呢？毫无疑问，这些都是原因！

　　这一次，不满是冲着食物来的。第一个靶子就是食品储藏室管理员——"豁口牙"。

确实，当在中途停靠过，又吃了大量新鲜的食物后，船员们（也包括我在内）已经很难回归正常的海上生活了。在接下来很长的一段时间里，糟糕的菜肴不是太咸就是淡而无味，真让人郁闷！

吃完了各种酱料搭配的海龟后，我们开始吃肉干。肉干一般都浸在葡萄酒或是啤酒里。我们吃的是猪肉，羊肉，还是牛肉呢？根本分不清！

真正让事态升级的情况是当我们发现面包里，确切地说是航海饼干里，居然爬满了蛆虫！那些最贪吃的人倒是泰然处之，依然狼吞虎咽地吃了下去，一边吃还一边叫道：

"多么美妙啊！在甲板上敲一敲面包，虫子就会掉出来的！"

我感到一阵恶心。

有的人把自己的那份掰成了两半，看着里面细小的虫道。毫无疑问，是蛆虫的杰作！

"闭上眼睛，或是等晚上再吃，这样你就什么都看不见啦！"一个新来的人打趣道。

船长极为重视这一情况。他把"豁口牙"叫到甲板上，当着全体船员的面斥责了他：

"这些食品里爬满了虫子，难道你就没有责任吗？给我仔细看好了，否则我就亲自来照管。我可是说真的，我会让你吞下这些生了蛆的饲料！"

很快，厨师费利西安来搭救食品保管员了，他建议重做一炉面包。所有人都平静了下来。

6月7日　星期二

我们全速航行着。从早晨开始，"闪电"就来回踱着步子，双眼紧盯着海平线，这样一直到晚上。船员一日比一日兴奋。他们开始打赌，第一个看见这支西班牙船队的人会是谁。

人群里，只要有谁站起来，以为自己看到了什么，其他人都会纷纷效仿，仔细观察海面，无一例外，他们看到的只有令人绝望的、空空如也的海平线。什么都没有……他们的耐心都快消耗殆尽了。

我躲到船尾，去找寻些许宁静。我并不常去，那儿是船长的地盘。但他已经好几天没出现了，我决定冒险试一试。真是没错，"闪电"不在！这儿远离喧嚣，只有新来的水手"平结"正在钓鱼。他手握一根钓鱼线，静静地等待鱼儿上钩。我同他一样默不作声，坐在他边上，静静地等待……突然鱼漂顿了一下，接着又是一下。他站起身，慢悠悠地往回收鱼线。我靠着船尾俯身往下看，是一条活蹦乱跳、银光闪闪的鱼。我赶紧告诉他。他见我这么起劲不由得笑了，把渔线递给我，让我也试试。我高兴极了！我成功钓到了一条鱼，紧接着又是两条。对一个钓鱼学徒来说，我简直就是钓鱼能手了！我为什么没有早点学钓鱼呢？

"啊哈，钓鱼很好玩吗？"一个深沉的嗓音在我们背后响起。

是"闪电"！他走过来，手里握着一卷绳子，绳子卷在一块小木板上。

"平结"收起了钓竿，我们都望着船长。

他一言不发，展开那卷绳索，随后把小木板往水面扔去，同时从口袋里掏出一个沙漏，稳稳当当地放在甲板上。接着，他放任绳索松动出去。绳索每隔一段固定的距离就打了一个结，在沙漏漏完前，他计算着已经拉出了几个结。

完成测量工作后，他重新卷起绳索，消失了，没和我们说一句话。这算什么臭脾气啊！

"平结"告诉我，刚才"闪电"是在测量航速。这还能计算出船已经航行了多少距离。

"如果我没看错的话，刚松下去了五个结。那么，船速就是五节①！不是简单得很吗？"

我越听越迷糊，完全没弄明白。说真的，我可不擅长算数！然而，通过"闪电"的演示，我明白了为什么船速要用节来计算。谢谢"闪电"！

---

① 译注：用固定的缆结计算航速，单位为节，一节等于每小时一海里。文中水手看见五个缆结，代表航速为五节，即每小时五海里。

6月8日　星期三

　　还是酷热！大家受着极度的煎熬，人都变迟钝了，就像被打蔫了一样。要执行船长的命令、完成各项操作，必须得有超人类的能力。连"闪电"也变得无精打采了，他那双黑眼眸不再快速转动了。当他偶尔凝视海平线时，脸上也带着股强烈的逆来顺受之情。他还指望所谓的西班牙船队会经过吗？

　　"铁臂"和多米尼克都觉得我们已经错过了。他们认为是我们的线路不对，应该再早点往东的。

　　"这会儿啊，西班牙商船只怕早已在大洋上扬帆了呢。就算追赶他们的人再聪明，也鞭长莫及啦！"火炮手一语中的。

　　这个传言很快便在船上不胫而走。有些人暗地起了疑心。"闪电"在玩什么花样？是躲猫猫吗？"黑胡子"如此诡计多端，难道也会上当吗？那些对"闪电"产生怀疑的家伙，开始对他另眼相待，不再唯命是从了。他有没有感觉到呢？我不知道如何看待这一切。我宁愿相信"铁臂"和多米尼克的想法，我们是错过了船队。但我也不信任这伙强盗，他们是不是在密谋什么？

日落时分

大家终于振作了些，酷热有所减弱，海上刮起了一阵微风。

今天下午，绰号是"万能钥匙"的捻缝工在船头检查船身时差点命丧黄泉。他像往常一样，借助一根吊索，悬空在海面上。然后，他吹着口哨开始了检查。突然一阵可怕的叫喊声从海面上传来。

"'万能钥匙'？""豁口牙"猛地站了起来，不安地叫道。

很快，一小撮人就赶到了船头。一些人顺着船头斜桅爬去救捻缝工。根据他们的经验，毫无疑问，

"万能钥匙"是被一条鲨鱼袭击了。

当时的场面颇为惨烈。可怜的捻缝工使尽浑身力气紧紧抓住吊索，痛苦地呻吟着，努力想要挣脱被鲨鱼咬住的腿。"铁臂"做了个英明的举动：他拿起火枪，瞄准鲨鱼的尾巴并射中了它。不一会儿，它松开猎物，放开了"万能钥匙"整条废了的腿。

我们都松了口气，虽然他的腿上淌满了鲜血。我们把"万能钥匙"拉上了甲板，"胖子罗贝尔"俯身仔细检查。所有聚集过来的船员都屏住了呼吸。

"你很快就会痊愈的。"外科医生拍了拍他的肩膀，"不过得绑好一阵子绷带，会留下几道疤……要是没有'铁臂'，你一定早就被生吞了！"

这对"酒鬼"而言简直是天赐良机！他很快就拿出了一桶朗姆酒，为每个人都斟上了满满一杯，来庆祝"万能钥匙"死里逃生。他们举杯、相碰，一饮而尽。从奥克拉科克岛上续满的酒，兴许今晚就要饮尽了。为了躲开这个场面，我宁可去睡觉。

6月9日　星期四

今天早晨起来，我发现船上的气氛更加紧张了。"闪电"喝了烈酒。昨天晚上他是不是和其他人一样喝得烂醉，或是他听见了什么质疑的风声？

很显然，他想在气势上占据上风，以显示自己一船之主的权威。所以，他大叫着，做各种手势，一边威吓最顺从乖巧的船员，一边又提防着那些硬骨头的指责。结果是各种借口、刁难还有泛滥的惩罚。脏污的武器、不够锋利的匕首、没叠整齐的帆、没填满弹药的火炮、不够浓稠的汤、难耐的酷热、越来越微弱的风，都成了被指责的理由。千万别挡住他的去路，所有人都离他远远的，在自己的岗位上忙碌着。大家都只有一个愿望，就是船长的心情能尽快好起来。我为了避开这恐怖的气氛，躲到了船员舱位的一个小角落里，这里不太容易被发现。但这里热得让人窒息，没一丁点风，我满头大汗，糟糕透了！然而我宁可待在这儿，也好过在甲板上遭受"闪电"雨点般的怒斥，或者还有更糟的——变成他的出气筒。

夜幕降临时分

简直是枉费心机！我自认为远离了风暴，但还是太天真了！我紧握着羽毛笔，写下两个字：惩罚。对，我说的就是惩罚！

这一次，并非平白无故，我确实犯了错误……

"闪电"刚刚回了他的舱房，他一定在那儿美美地回味着对船员的虐待。此时我正安安静静地写下这几行文字。希望在天黑前能写完！

今天下午，我待在自己的一隅入迷地写着，我承认自己都忘了被俘的身份……费利西安正在准备晚饭，吩咐我去倒掉木桶里的脏水。我就拿起炉灶边的木桶照着做。每每他让我帮忙，我总是二话不说。费利西安虽和其他人一样粗鲁，对我却有着特殊的照顾：他常常给我留上两块新鲜出炉的饼干，蘸上他精心制作的焦糖。嗯……真的很美味！

我机械地往甲板走去。正当我把木桶抵着舷墙上方，倾倒脏水的时候，费利西安慌张地跑来喊道：

"等等，伊夫，你拿错桶了！你拿的是淡水！"

太晚了，这珍贵的液体已经被我泼出去了！最不幸的是，"闪电"就在近旁。他听到了厨师的话，神情立马变得严厉起来，可怕的咒骂向我倾泻而来。

"好啊，乘客！啊……你又一次出挑了啊！你这个大笨蛋，你忘了吗？在船上，淡水和金条可是同样宝贵的！你知不知道你的差错该挨一百下鞭子？啊？"

我被他吓得一动都不敢动。一百下鞭子？这得死多少次啊！他真的会这样惩罚我吗？我用目光在人群里寻找平日里和我亲近些的人："胖子罗贝尔""我的小乖乖""野兔爪"，还有费利西安。一个人影也没有，全都跑开了。他们是害怕被"闪电"点名，亲自抽我鞭子吗？也许吧……

"闪电"走远了，又突然大步走了回来。

"现在，不，我有个更好的主意！"他的脸上掠过一丝诡黠的笑容，"你得在这破船上为我们做点什么。明天起，你就爬到主桅的瞭望台上，直到发现西班牙船队为止！"

我差不多松了一口气……这主意可比挨鞭子好多了！我走近主桅，抬起头仰望瞭望台。那次攀爬前桅的可怕回忆突然重现。这惩罚真的比另一个好吗？我要怎么爬上去才不会眩晕呢？我要在这上面干等多久呢？

我感到气馁。在这伙坏蛋中生存下去已经够难了，还要忍受海盗头子的糟糕脾气，永远受他摆布，简直受够了！我的上帝啊，求求你了，让这场噩梦结束吧！

6月10日　星期五

瞭望台上，实在颠簸得太厉害了。简直写不了两行字！只要一低头我就觉得恶心，头晕眼花。只好算了。

✿

6月11日　星期六　下午时分

我安安静静地待在食品储藏室，睡了几小时，现在我终于能写字了，头也不疼了，"胖子罗贝尔"给我调制的药水似乎见效了。蜡烛的微光照亮了我的日记本，我专心做着在这艘船上对我而言最重要的事情：记录下我在船上经历的点点滴滴。

昨天在瞭望台上的时间真是漫长难熬，我以为自己活不下去了。幸好"胖子罗贝尔"出面调解，"闪电"才同意减轻我的惩罚。不然，我也许还在那上面，不知道会怎么样呢！

今天早上，"闪电"仍没忘记惩罚我。他在桅杆下等我，提着个装满水的壶。

"有了这个，你就不会口干舌燥了，目光也会更敏锐。去干活吧，上去！"

幸好没有起风。不过，天很热。水手"我的小乖乖"负责陪我上去。我还在犯困，脑袋昏昏沉沉的，在众目睽睽下，我们开始往上爬了。我咬紧牙关，专心照着"我的小乖乖"的示范动作依样画葫芦。背后的帆布包有点妨碍到我了，里面放着我最宝贵的东西（日记本还有笔）。然而能感受到它的存在让我很安心。我爬得越高，就越紧张，脚下除了大海，就是空荡荡的一片。我不敢再往下看，只得顺着越来越窄的绳梯往上爬，太艰难了！

"我的小乖乖"快到达瞭望台了。再往上一点儿，我终于也爬上去了！水手帮我爬上去后，很快就下去了，把我一人留在上面，与孤独和惶恐为伴。

我紧贴瞭望台，背后搭着帆布包，一动都不敢动，生怕一脚踏空。我保持这个姿势有多久了呢？好长时间了！随着船的晃动，我也开始晃动，真希望有个更加稳妥的地方能让我待着。脚下无尽的蓝色仿佛磁石般吸引着我。我觉得自己会被一股难以抗拒的力道弹射出去。然后，我开始盯着海平线，好几次我都以为自己看见了一艘船。

临近中午的时候，"我的小乖乖"来了。他从一个口袋里掏出一个水壶，从另一个口袋里掏出几块饼干，说道："费利西安叫我带给你的。"

他的到来让我振作不少。在这艘船上，至少有两个人还是同情我的！所以，我拿出日记本想写几句话，完全没考虑到船在不停地颠簸，写日记不但不可能，而且十分危险。我一盯着日记本看就觉得恶心，差点没和它一起飞了出去！

下午，我看见一艘挂着西班牙国旗的船，它正在左舷方向全帆行驶。我正想大声报告我的发现，突然又觉得不对劲。天啊，我的双眼刺痛，头晕目眩。我见到的不会是海市蜃楼，是我的臆想吧？

后来究竟发生了什么我已经记不清了……我的脑袋嗡嗡作响，就像蜂箱似的，喉咙干得像砾石般，难耐的酷热快把我榨干了。我陷入了迷迷糊糊的状态，渐渐失去了知觉……

"我的小乖乖"往我头上泼凉水，又拍了拍我，这才把我弄醒了，但我的神志依然模糊。他上来接我，是不是意味着我可以下去了呢？我多么不幸啊！不过，我刚才的状态倒助了我一臂之力。"我的小乖乖"握住我的手，极为耐心地给我带路，丝毫不催促我。我双脚合着双手的节奏一点点机械地往下爬，它们简直都不听我的使唤了，我都不知道自己身处何方了……

当我一只脚踏到甲板上时，"胖子罗贝尔"那张让人安心的脸在我眼前一闪而过，我趔趔趄趄地走了几步便晕倒在地……

黄昏时分

我掐自己也好、摸自己的脸也好，甚至把手搭到额头上都没有用。我神志清醒得很，也没生病，这并不是我的幻想。我所写的千真万确。我发现了一件不可思议的事情：船上有个女人。除了我，船上没人知晓！

我打算毫无保留地记录下刚刚发生的一幕。

"胖子罗贝尔"来看过我了，应该不会马上再来，我逐渐恢复起来，他也感到安心了。所以，我有点时间记下刚发生的一切。不过写完以后，千万要把日记本藏起来。

刚才，我在食品储藏室一个最不起眼的角落里写了好一阵子日记，我专心地写着，整个人都慢慢放松了下来，不那么紧张了。突然，我似乎听到周围好像有什么人在徘徊或是躲藏……真的很奇怪。我听见一些微弱的窸窸窣窣的声音。我站起身，开始查看动静。船员舱位里，一切正常。那么放置折叠吊床的角落呢？我惊呆了！一个上身裸露的女人正在那里换衬衫。我惊讶极了，努力克制住自己别喊出声，但还是被她察觉了。她猛地转身，立马明白我发现了她的秘密。她显得非常激动，一边穿上平日里男人的衣服，一边对我做了个手势，让我过去。

"我认出你了！"我尽量微笑着对她说道，希望能够安抚她的情绪。

她又换上了平时的海盗装束。她是"复仇"号在奥克拉科克岛停留期间新招募的船员之一。她抓住我的手腕，把我拖到了角落里，用黑色的眸子紧紧盯着我的双眼。同时，她将一把明晃晃的刀架在了我的脖子上，说道：

"该死的淘气鬼，你一饱眼福了啊？你要是管不住嘴巴，嗯哼！我就割断你的喉咙……"

在她武器的威逼和凶恶神情下，我含含糊糊地吐出几个词：

"我……我发誓！"

她放下了刀，缓缓整理了下衣服，渐渐平静了下来。

"坐在那里，向我发誓你会保守秘密！这对我而言是性命攸关的事情！"她用一种坚定的口吻说道，"既然我不能再对你隐瞒什么……"

她坐在我边上，又一次抓起她的匕首……

"听好我要说的话，你会明白的！"

我被她奇怪的态度弄得有些不知所措，我自忖最好还是服从她的命令。

她用低沉的嗓音开始诉说她的故事。她为什么要对刚刚还恐吓过的人吐露隐情呢？谁知道！

　　她激动地讲了她的漂泊生活、复杂的历险还有对财富的渴望……她也对我解释了她上船的原因——为了追随"闪电"。我又一次瞪大了双眼,我被惊呆了。在"黑胡子"拥有的那座岛上,她疯狂地爱上了"闪电",甚至冒着生命危险假扮成船员加入船队,伺机向他表白!

　　我望着眼前这个奇怪的人,几乎难以相信她所说的一切。她女扮男装上船,已经违背了船上不准待女人的规定。更糟的是,她喜欢上了"闪电"这样的男人,而他对她的情意,丝毫没有察觉!

　　我疑惑的神色丝毫没有影响到她。直到楼梯上传来脚步声,她才不得不停止。这时,她重新整理了下衣服,拍了拍脸颊,摆出一副恶棍的神情,将匕首重新抡了一圈,塞回腰带里。随后她跟我耳语了几句,不等我回答便离开了:

　　"你什么都没看见,什么都没听见,发誓,不然的话……"

　　她走了以后,我心想自己是不是又发高烧了,好长一段时间里,我都觉得心烦意乱。

然而，我十分清楚这一次不是海市蜃楼。再回想刚才的情景，我怎么想象得出所有这些细节呢？不可能！为了理清思绪，我又拿起羽毛笔和日记本。一切都证明这不是我的妄想。

过了一会儿

看到船了！看到船了！甲板上传来了激动的叫喊声。我赶紧跑出食品储藏室。毫无疑问，海平线上那个移动的黑点正是一艘西班牙船。"闪电"欣喜若狂，允许手下用他的望远镜来确认。一双双手接过望远镜，他们拿着它紧贴在眼睛上。这时，"闪电"用低沉的声音命令道：

"帆缆水手！在主桅上升葡萄牙国旗！"

我没敢问为什么是葡萄牙，但之后我自己想出了答案：葡萄牙是西班牙的友国，所以葡萄牙的船不会引起对方的怀疑，可以轻易靠近它而不遭遇一丁点反击。

"复仇"号径直朝正西方向的猎物驶去。

"我们的船起码要到黄昏时分才能接近它。从现在开始，给我卖力干！"船长双手撑在舷墙上命令道。

所有人都跑到了甲板上，我高兴地回到食品储藏室，拿出我珍贵的日记本，享受片刻的宁静。

午夜时分

我脑袋昏昏沉沉，根本睡不着，在甲板上散了会儿步，也丝毫没有帮助。"复仇"号乘风破浪，就和它全副武装准备战斗的船员一样焦躁不安……整条船都处于战斗前的紧张状态中，海盗们再三检查他们的武器：有的抚摸马刀、匕首的刀背，确认它们足够锋利；有的忙着磨光斧头、擦净火枪膛。

我的命运将会怎样呢？我一边写下这些文字，一边感到恐惧正向我袭来，压抑着我。为了不让自己被无边的恐惧吞没，我深深呼吸，试图保持清醒。倘若这些人赢了，那么我将继续当俘虏。如果西班牙人获胜，也许我有希望重获自由，噩梦也将结束！

我反复琢磨着，什么都做不了。除了忍耐，我什么都做不了。我向上帝祈祷，想着我过世的爸爸妈妈，希望他们能助我一臂之力。

　　现在我们能清清楚楚地看到西班牙船了。我们越是靠近它，它就显得越庞大。我们这艘小小的三桅帆船如何与这个庞然大物抗衡呢？船长丝毫不为所动。他摆出在重大事件发生前的专制态度，把全体船员集合在甲板上，宣布了他的登船计划。在听他发号施令时，我的目光和那女人的目光交错了一下。她微微笑了笑，又把目光转向船长，全神贯注地听他部署。

　　"往上，帆缆水手们！升黄旗求救！"他命令道，"你们都面朝下躺在甲板上，你们几个面朝上，装扮成女人的样子……'我的小乖乖''万能钥匙''酒瓶清道夫''牙齿咯咯响'，还有'顶风而上'，就你们了！快换上帽子和衣服！"

这五个无赖，居然丝毫不加争辩，立马执行了船长的命令。过了会儿。他们回来了。他们神情严肃，穿戴着女人的服饰，看起来滑稽可笑：他们系着丝巾，披着斗篷，戴着插有鸵鸟羽毛的帽子，手持阳伞。其他船员都躺在甲板上。

接着，"闪电"蹲下身，对每个人详细讲了登船进攻的分工。

到我这儿的时候，他宣布：

"你这个乘客，参加战斗也没什么用处！你就乖乖待在船舱里吧。在那儿，你可以给'胖子罗贝尔'打下手，你会派上用场的。"

我点了点头，用目光去搜寻外科医生，他双手交叉，显得沉着冷静。至少，和他在一起，我并不感到特别害怕！

我停下了笔。气氛开始紧张起来。费利西安过来把炉灶的火灭了。"胖子罗贝尔"正在检查他的药箱，准备他的器械。甲板上铺了一层沙子，用来吸收即将流淌的鲜血。所有人都整装待发，船上安静到了极点。

我也只能合上日记本，把它藏好。上帝保佑我啊！

6月14日　星期二

我重新找到日记本。当我抚摸着它，手握着羽毛笔，听着笔尖在纸上发出的摩挲声时，我感到无尽的满足。浴血奋战之后，我觉得自己又活过来了。

"闪电"成功实施了他的计划。此时此刻，他的船员们正在庆祝着胜利，庆幸自己跟对了人——至少，那些毫发未损的人是这样想的。战斗中，他们二死四伤。不过，这群海盗认为这是"如此成功的袭击应付出的代价"，他们已经搓着双手期盼战利品了。

确实，船长表现出了不同寻常的果敢。他前所未有地泰然自若，大胆袭击了比他强大得多的对手，并且他胜利了！

我站在连接甲板和船舱的楼梯上，目睹了战斗决定性的时刻。所以，我可以写下我的所见所闻……

当太阳缓缓从海平面上升起时，"复仇"号已经和西班牙商船并排行驶了。那几个乔装成女人的海盗故意抬起脑袋，让人误以为他们只是普通的女乘客。

不过，西班牙人识破了这个诡计。他们立即开火，连发了三下满弹火炮。在浓重的烟雾中，我听到了"闪电"可怕的声音：

"啊，啊！他们会付出代价的，这伙混蛋！所有人起立！"

被炮弹打坏的帆倒在甲板上，艏斜桅刺穿了商船的船身。在骇人的爆裂声中，两艘船都不动了。

"闪电"带头冲锋，高喊："登船！"于是所有海盗都跳了起来争相冲锋，他们发出了骇人的咆哮声。

西班牙人不肯束手就擒，他们以一种空前绝后的愤怒姿态抵死反抗，手握火枪、马刀，与敌人展开激战。对于这伙海盗竟敢发动袭击，他们个个都怒火中烧，只想把海盗击退，给他们点颜色瞧瞧。好长一阵子，双方不分高下。甲板上弥漫着的烟雾，还有硫黄的气味，这阻止了我靠前，我连呼吸都感到困难。

海盗们的叫嚣声似乎越来越响亮，这说明他们正在逐渐占据上风。

"胖子罗贝尔"再也坐不住了，他跨过帆和绳索，接近了混战中的人群。他在甲板上看到了一个躲在那儿的西班牙人。子弹嗖嗖地飞过，那人将手按在胸前倒下了——外科医生射中了他的心脏。

这次轮到我了。我一边留意着可别成为靶子，一边往前冲去。"胖子罗贝尔"去哪儿了呢？他突然从烟雾中闪现，叫道：

"退回去！别待在这儿！你会脑浆迸裂的！"

就在他讲话的瞬间，一颗子弹贴着他飞过，击中了主桅杆。紧接着，又一颗射中了在栖木架上的鹦鹉蒂蒂，谁也没法过去救它，这不是冒险的时候……

"胖子罗贝尔"相信他的同伴会赢得这场战役：

"没什么能阻挡他们，他们已经狂热到了极点。他们杀了所有能动弹的人……我们有活干了……"

他又说道：

"那个人简直就是野兽！快看！他在船长边上拼

命！那个高高的褐色皮肤的……他是新来的……头一遭有人这么拼命地保护船长！他割敌人喉咙的速度简直比闪电还要快！"

我起先并未注意到。过了一会儿，我明白他说的是谁了。战斗结束时，"闪电"在所有船员前表示，非常高兴自己招募了这样一个狂徒。这个海盗衣衫褴褛，浑身是血，什么也没表露出来。"他"坚定地恪守自己的秘密。而我，是唯一知道的人。

过了片刻

阳光把我击垮了……我酣睡片刻后，重新开始记述。我刚才写到哪儿了？

我的思绪渐渐恢复。猛然间，我又想起了那些我努力想忘记的场面。它们是那么悲惨，以至于我现在都还在战栗！算了，还是记录下来吧，让人们了解我亲眼所见的杀戮。

双方激战良久，暴力不断升级，战利品对海盗们的诱惑是一切的根源。他们怒目圆睁，双手沾满了对手的鲜血。他们手里的马刀和斧头抡得团团转，刺向所有能动弹的活人，他们的子弹扫向所有倒地的人堆。这就是狂热的野兽们所做的一切。

双方的力量在西班牙商船的船长脑袋中枪后迅速扭转了，形势急转直下。船长在自己手下的面前倒在了甲板上，躺在一堆帆和绳索中。他的手下立即过来救援，然而太晚了，他当场死亡。商船的大副试图重新组织攻势，然而习惯于被船长指挥的船员们已丧失了先前的斗志。

渐渐地，西班牙人面对汹涌的敌人开始无能为力了。不一会儿，他们便人手匮乏，缴械投降。甲板上布满了尸体和伤员。只有一小撮人，虽然明知已失败，却还抵死不从。

战斗结束了，响起了震天的欢呼声。海盗们为他们的船长"闪电"喝彩，是他带领他们出色地完成了这次武装袭击。

"闪电"无比自豪，喊道：

"一个俘虏都不留，听见了吗？全部投海！决不留情！"

这些人完全丧失了良心，分毫不差地按令执行。最可怕的是，我只能眼睁睁地看着他们把那些抗争到最后一刻的西班牙船员抛入大海。俘虏们四散逃跑，合掌恳求刽子手饶命，号叫、痛哭……场面惨不忍睹。

"豁口牙"和"平结"动了恻隐之心，他们站在船首，藏在船长看不见的地方，往海里投掷了些软木浮筒。这对那些可怜的船员而言，总算有一点点慰藉了，他们只能祈求幸运星的庇佑了！

我没有参与商船的掠夺。此刻，那条船已经沉入了海底。在搬空一切有用的东西之后，船长下令将它付之一炬。木质船身浸透了沥青，熊熊大火烧了很久，接着，在一阵不祥的轰隆声中，船被海浪吞没了，就此消失。

还没到休息的时候。要让"复仇"号恢复行驶，还有好多需要修补的！断裂的绳索、缆绳，被撕裂和烧坏的帆，毁坏的桅杆都让船速慢得可怜……

"都先将就着修补、缝好！""闪电"喊道，"我们要尽快起锚，万一风向不顺的话……"

至于我，不知道要到哪儿去……

"胖子罗贝尔"正大声喊我过去，我只得再次中断了记述。

6月16日　星期四

我安稳地睡了一晚，没有做噩梦，能再次提笔讲述抢劫商船之后发生的事了……

"复仇"号上恢复了平静。船员们各自忙碌着，仿佛什么都没发生过。

大多数海盗在修补船只的时候，我待在"胖子罗贝尔"边上照顾伤员。

那两个死去的船员，我几乎才刚刚认识他们。他们被包裹在帆布里，投入了大海。至于其他伤员，两个是新来的，还有一个是"酒瓶清道夫"。一切行动都要快。因为他们的伤口裸露在外，疼痛无比，需要马上治疗。

"一个抬到食品储藏室，另两个抬到桌上，按相反的方向躺下！"外科医生命令道。

在费利西安和"豁口牙"的帮助下，他们被搬下了楼。伤员浑身是血，疼得哇哇直叫。

"胖子罗贝尔"从两个平躺在桌子上的伤员身上取出了子弹，没花多长时间。我的任务就是，在外科医生动手术前，将他们的嘴掰开，喂他们喝几大口烈酒。

医生向我展示了如何使用木匣子里的器械。他用一把大钳子，伸入第一个伤员的体内。我咽了好几次口水，坚守住了。伤员痛得一边大叫一边挣扎，我们必须紧紧按住他。"胖子罗贝尔"动了几下，就把打穿伤员手臂的子弹取了出来。在他为下一个伤员动手术的时候，我根据他的指示，用各种我记不得名字的药为伤口消毒，包扎……从某种意义上来说，我成了医生的助手，这让我很高兴。没有什么比缓解他人病痛、妙手回春更让人满足的了！

不过，"酒瓶清道夫"伤得很厉害，治疗也艰巨得多。一颗子弹击碎了他大腿的胫骨。

"看吧，伊夫，伤口看上去不妙，受感染了。我很担心里面已经坏疽了。如果我不锯掉他的腿，他死定了……"

"锯，锯断他的腿？这是唯一能救他的方法吗？"我害怕地结结巴巴问道。

"我很担心……坏疽会很快蔓延，必须得行动了。""胖子罗贝尔"神色严峻地宣布，"你准备好帮忙了吗？我想先警告你，这可不是什么令人高兴的事情……"

"来吧！"我咬紧牙关说道。

我喂"酒瓶清道夫"喝下了鸦片酊镇静剂。他的脸因为疼痛而深陷下去，扭曲得变了形，简直难以辨认。过了一会儿，他陷入了昏迷。

"不错！这会帮助他抵御疼痛的。"外科医生安心地说道。

随后，他递给我一根铁矛。

"拿着，到费利西安的炉子里去把它烧红，回来的时候叫上他！我需要力气大的人，防止病人挣扎。"

我拿着通红的铁器回来的时候，"胖子罗贝尔"

已经从他的匣子里拿出了那把巨大的锯子。当他紧紧握住它的时候，我差点晕过去。

"噢，不！别装腔作势好吗？我需要的是一个助手，而不是胆小鬼！在我锯他的腿时，你必须用这根铁矛烫烧他的残肢伤口，明白了吗？"

我深呼吸了一口，然后挺直身子，大声说道：

"听明白了！"

接下来的场面残酷极了。我又喂了"酒瓶清道夫"满满一杯鸦片酊镇静剂，但他还是发出阵阵撕心裂肺的惨叫。我尽全力握住冒着烟的铁矛，大颗大颗的泪珠滚落到我的脸颊上。

"胖子罗贝尔"锯下病人的腿时，引导我拿着铁矛靠近"酒瓶清道夫"鲜血淋漓的腿。

"这样就不会流光他的血了！"他气喘吁吁地说。

我拿着这个折磨人的东西贴到"酒瓶清道夫"的残肢上，大气都不敢出。我害怕极了。他会遭罪的，但我也迫不得已。这么做是为了救他的命！我一边这么做着，一边转头看他。他一动不动，看起来就像死了一样。

"继续！坚定地做啊！""胖子罗贝尔"吩咐道。

后面的活我没有参与。费利西安拿来一桶热沥青，把"酒瓶清道夫"的残肢往里浸，防止大出血。手术刚动完，现场一片狼藉，和刚刚结束战役的战场差不多。外科医生让我稍微整理了一下。

我把截下来的腿用布包起来，扔到海里，又用海绵擦洗食品储藏室地板上的血水。

我再一次咬紧牙关，用尽全力深呼吸，然后开始干活。

病人在沥青的炽烫下痛得动弹了几下，随后，他又晕倒在了病床上。

"胖子罗贝尔"用手帕擦了擦额头，洗了洗双手和手臂。他挪了挪一只木箱子，往上一坐，放声大笑，释放出了刚才积聚的全部压力。

"'酒瓶清道夫'，让你吃苦了，但是我们救了你的命！"他笑着宣布道。

接着，他看着我。

"你可要感谢伊夫！他表现得就像一个主治大夫一样。截肢可不容易，像是一场炮火的洗礼啊！"

这个恭维让我感到轻松了些，虽然我笑不出来……从那以后，每当我看见"酒瓶清道夫"还有他那残肢时，就紧张得透不过气来。我真想对他们吼出我的真心话，当面告诉他们我是多么痛恨他们荒谬残忍的行为！但实际上，我和平常一样一言不发，在甲板上一个隐蔽的角落躲了起来，大哭了一场。

6月18日　星期六

今天一早醒来，我惊讶地发现所有人的心情都出奇的好。微风吹拂下，连船也在浪涛上舞动。

我在"酒瓶清道夫"的床边找到了"胖子罗贝尔"。他告诉我，今天是分战利品的日子。难怪这些人都这么高兴。

但这对我而言，只意味着纵酒作乐、争吵还有斗殴。唯一让我感到高兴的是，"酒瓶清道夫"逐渐活了过来。昨天晚上在给他陪床的时候，我有好多次以为他已经走到了生命的尽头。"截肢会导致长时间的休克，很少有病人能够撑过来。""胖子罗贝尔"对我坦言道。现在，我整天坐在他边上，努力让自己显得有用，尽力帮助他。我用海绵擦拭他淌满汗水的脸，当他冷得直打战时，用一块毯子包裹住他可怜的身体，喂他喝金鸡纳酒，把体温压下去……我都不觉得时间有那么难熬了。

终于，"酒瓶清道夫"微微睁开了一只眼睛，随后是另一只，他的面部肌肉也放松了下来。我立刻叫来了外科医生。他仔细诊察了病人，向他嘟哝了几句话，然后看着我，看上去颇为满意。

"战斗还未结束，但他挺过来了。继续留在他边上吧，他需要你。"

这些话鼓舞了我。终于，我在这艘船上也有用武之地了，而且能帮助别人，我不再是所谓的"乘客"（即使事实上我仍然是）。并且，船员中有人觉得我有理由存在，多么令人满意啊！

同一天　黄昏时分

　　我所担心的事情正在发生。"复仇"号正处于极度纵酒狂欢中，而且根据他们从商船搬过来的酒的库存来看，狂欢绝不可能很快结束！

　　倘若"闪电"也参与狂欢，毫不拘束船员，那么"复仇"号连继续航行都会成问题。

　　今天早上，全体船员集中到了甲板上，混乱中不失愉快。"闪电"让我离开一会儿"酒瓶清道夫"，去执行一个任务。

　　"你还记得航海日志上抄写的规则吗？你在这些家伙面前大声朗读一遍，让他们复习一遍！"

　　他递给我厚厚的日志本。我清了清嗓子，认真地朗读关于分赃及伤亡补偿规定的条款。我的对面，这伙面容沧桑、胡子拉碴的海盗正用灼热的目光盯着我。

　　海盗们在西班牙商船最深处的压舱物底下发现了金块。每个海盗都获得了同样数量的金子。金块堆在

"闪电"脚边，他监督着分赃顺利进行。炮手"铁臂"还有"胖子罗贝尔"比其他人拿得多一些，"闪电"得了双份。

受伤的人，除了该得的那一份外，还能获得一份补偿。中弹的能得到三百埃居，而"酒瓶清道夫"得到了六百埃居，以弥补失去的那一条腿。

当初我抄写这些规则的时候，从未想过它们会被如此严格地遵守。显然，这伙壮汉总是令我惊讶！

白天的故事就这些了。太阳已经西沉，叫嚷声渐起。我得找一个尽可能不吵闹的地方过夜。今夜一定充满了狂欢和躁动。

❀

6月20日　星期一

分战利品时的和谐与友好已经荡然无存了。现在所有人都清醒了，船上飘荡着一股不安的气氛。原因是分配引起了争议。大家公开指责"闪电"，怀疑他把一部分战利品偷偷占为了己有。

谣言比马儿跑得还快。有人说曾经看到一个西班牙人腋下夹着一个小匣子，还有人说在西班牙船长的床垫下发现了好几个装满宝贝的袋子。这些东西都消失了吗？怨气不断沸腾，海盗们的头脑开始发热……他们明明已经有钱了，但是他们成了疯子，都发狂了。天知道"闪电"要如何来平息事态呢？我不得而知，暗地里在想是谁煽风点火引起这样的事端呢？

6月21日　星期二

"闪电"决定重新掌控形势。他时而低沉地怒斥，时而大发脾气，任何人都不放过。

这一切让我十分害怕。我尽可能远离他，等待他的怒火平息。"豁口牙""万能钥匙"还有"我的小乖乖"都成了他的出气筒。他们三人分别被指派去擦拭火枪，整理货舱，还有逮老鼠（即使最近刚刚捉过一回）。这些活平时根本不需要他们干。

"就活该轮到我们，就这么回事！""我的小乖乖"服从地说。

其他人都弓着背，期待好日子来临。至于那个女海盗，没人怀疑她，我也在观察她的态度。除了为"闪电"申辩，她很少参与议论。而"闪电"似乎也察觉出来，这个人对自己毫无敌意，也不会去传那些无稽之谈。如果船员不再信任自己的船长，会发生什么呢？一定不会有好事的！

❁

6月23日　星期四

完了！"复仇"号上就要电闪雷鸣了，一场针对

"闪电"船长的风暴正在酝酿。

我是无意间听见三个海盗的谈话后得知的。在船上，除了"闪电"，就数这三人最厚颜无耻，最可怕了。他们就是"铁臂"、多米尼克，还有"酒鬼"。

当时，我躲在船首一堆绳索后面，他们就在离我不远处，靠近斜桅的地方。

我想立马溜走，但要是他们发现我，会把我关起来的。我屏住呼吸，一动不动，听见他们说出"闪电"的名字，我吃惊地睁大了双眼。

我还听他们说，多米尼克弄到了一个装满金币的匣子，不过他们没说是怎么弄到的。不管怎样，这就是"闪电"在玩鬼把戏的切实证据，他欺骗了所有人。

他们决定明天公布这个消息，如果情势需要的话，还可以添油加醋一番来激怒大家。

接着，他们把他们的计划详细地说了一遍，我倍感震惊。显然他们已经谋划很久了，现在就要行动了。匣子的事情在他们看来，是一个绝不能错过的契机。所有船员都会跟随他们吗？这还难说。但他们觉得，大多数被船长欺骗而对他失望的人会站在他们这一边的。

"在船上，唯一能破坏团结的事情，就是船长失去船员的信任！""铁臂"说。

"说得好！"多米尼克带着一口西班牙口音说。

"是啊，即使是海盗，这个原则也不能让步！绝不！""酒鬼"也赞成道。

"现在时机成熟了，让我们开始行动吧！""铁臂"说。

他们相互击掌表示结盟。

随后，他们便起身钻进帆和索缆中消失了。

我几乎喘不过气来，短短几分钟里我知道了那么多事，要再次担惊受怕了！一想到几小时或是几天以后，激烈的斗殴、对决可能就要在甲板上上演，我就有一种强烈的不安。我又将会怎样呢？

在袭击西班牙商船之前和之后的日子里，我都尽量不去想这个问题。而这一次它又如影随形地出现了。

"复仇"号，还有被"铁臂"几个煽动的船员会怎样呢？这些问题让我备感心惊。

6月24日　星期五

好了，至少计划的第一步已经实施了。现在，船员们都知道"闪电"意欲愚弄大伙，藏匿宝匣的事情迅速传开了。大家议论着，不免添油加醋夸张了不少。一切都朝着反叛者期待的方向发展。只要一有火花擦出，他们就要继续下一步了。怨恨在积聚，船员们的怒火就快克制不住了。

连"胖子罗贝尔"都怒不可遏，他通常总是表现得冷静克制！在"酒瓶清道夫"的床头边，他大发脾气：

"'闪电'这个混蛋，把我们都糊弄了。我们要把他扔进海里，他这是在自找死路吧？"

"酒瓶清道夫"不安地看着他，他还不太明白发生了什么。他还太虚弱，远没料到正在进行的阴谋。

"别急,你病好了我会告诉你的!我得赶快给你弄个木头假肢……你就等着蹦跶吧!"

"酒瓶清道夫"把脸转向了舱壁那一边。他根本笑不出来,他知道自己被截肢了,想到日后要装着个假肢一瘸一拐,他还没心理准备。

我把手放在他的肩上。他一动不动,难受极了。

6月25日　星期六

怒火燃烧到了顶点,气氛从未如此糟糕过。船员们开始公开反抗"闪电"的命令,以此来刺激他。他倒是嗅到了阴谋的气味,却装作什么都没看见,防止自己中圈套。这个混蛋真狡猾!

此时,"铁臂"和多米尼克在与那个女海盗交谈。他们发现这个人对船长唯命是从。他们害怕他的战斗力,试图说服他。要是真的打起来的话,最好能把他拉拢过来！

同一天　下午

我一直害怕的事情并没有发生。以"铁臂"为首的那伙人没流一滴血就完成了他们的计划。船员们撤销了"闪电"的船长职务。他被绑在主桅上已经好一会儿了，手脚捆在了一起。我从来没想到会看到他这副样子，他一直高高在上。简直不可思议！

反叛几乎没有付出什么代价。他们只是简简单单地故意放了一桶水在"闪电"的必经之道上，他就这样被绊倒了。他怒气冲天，顺手抓起一个器皿就朝站在不远处的多米尼克头上砸去。后者恰好躲过了。

"铁臂"趁机迅速跟上。他一示意，所有人都向船长扑过去，把他包围了起来。"酒鬼"负责在旁威胁那个"闪电"忠实的拥趸，把他拦在一边。过了一会儿，形势就完全变了。

"我们，所有'复仇'号的船员把你撤了！"多米尼克阴险地说，"我们有证据证明你私藏了一部分赃物。你是一个不合格的船长，必须得死！"

甲板上寂静无声。"闪电"的脸上闪过一丝惊惧。随后，他在人群中搜索他们的目光，想找到些许支持，他似乎不敢相信自己会这么迅速而且愚蠢地一败涂地！

没有人皱一下眉头，海盗们镇定自若，毫无表情地望着他们的老船长。

过了几分钟，正当大家把捆着双手的他带去主桅的时候，他用依然强劲有力的声音说道：

"如果我告诉你们私藏的宝贝在哪儿，你们会放我一条生路吗？"

"扔到海里去！你只是一个无赖！"有几个人大喊道。

船员中似乎出现了分歧。

也有几个愿意和解的。"铁臂"骤然打断他们的议论：

"如果你们想减轻他的痛苦，那就把他放在一艘小艇上吧。让海浪来决定他的命运！"

"说得好，我的朋友！去小艇上待着，到海上漂流吧！""豁口牙"低声叫道。

"去小艇上待着，到海上漂流吧！"其他人就像回音一样重复道。

同一天　黄昏时分

现在"铁臂"成了"复仇"号的新主人。可怜的船啊，它一定没有在如此短的时间内换过这么多船长！

在新船长的指挥下，船往正西行驶，准备利用顺风开往一座小岛。"闪电"就是在那里下船的。

不得不说的是，这一惩罚带出了一件意料之外且好玩的事情。那些家伙到现在还大笑不止，始终都没恢复过来！

船在小岛抛锚之后，船员们将装了一桶水的小艇放了下去。"闪电"低着头，弓着背，就像一个囚犯似的。他带着他的手枪和几颗子弹，顺着绳梯爬进小艇。他只能携带这些物品。

大家斜靠着舷墙，默不作声，都睁大了眼睛。眼下他们绝不会错过一丁点的！

我缩在后面，好奇地观察着这个著名的海盗，我预感到会发生些事。

"闪电"的追随者（就是那个女海盗）随着事态的发展越来越难掩饰自己强烈的情感。她在甲板上来回踱步，不时悄悄往大海看上一眼，紧握双手，咬着嘴唇……

她再也无法忍受了，冲到船舷边，殴打那些看热闹的家伙。她跨过护栏，站到了绳梯上，像疯了一般大喊大叫：

"好好看着我，你们这群蠢货，我是个女人！啊哈！"

她扯开上衣露出肌肤，一溜烟顺着绳梯爬了下去。

"我要追随'闪电'！"她嚷道，"见鬼去吧，你们这群混蛋！"

所有人都震惊了。海盗们目瞪口呆，个个僵立在那里，眼睛盯着那艘刚刚放下去的小艇。

"闪电"同他们一样震惊，倒退了一步。但当明白是怎么回事了之后，他开始放声大笑，笑声久久回荡在海面上。直到小艇远去、消失了，船上的这些家伙才回过神来，松开了紧绷的舌头，开始拍打着大腿，大笑起来。

什么？船上有一个和他们一样疯狂的、假扮成男人的女人？她和他们天天一起生活，他们却丝毫没有察觉！真是个女魔鬼！或者说，真是痴心的女狂徒，一心要追随被废的老船长！他们在海盗生涯中，还从来没有经历过这样的事！

❀

6月26日　星期日

前一晚的兴奋劲儿已经过了，但大家还会咯咯笑着评论昨天发生的事。有几个人还想象着"闪电"待在他新伙伴的怀里，两人一同在荒岛上生活。

"他们俩，谁会占上风呢？""豁口牙"问道，他笑得都喘不过气来了。

但现在还不是开玩笑的时候。大家要开始习惯新的指挥团队了，"胖子罗贝尔"暴躁地说出了其中的关键之处——

"昨天，我们只有一个船长。现在我们有三个……反叛万岁啊！"他嘟哝着说道。

事实上，"铁臂"希望所有人都绝对服从地执行命令。为此，多米尼克和"酒鬼"成了他的眼线，他们永远在船上巡视，所有的交头接耳、评头论足都令他们不痛快。他们可是最清楚反叛是如何萌芽的！那些敢高声说话或是议论命令的，立马会引起注意，被要求守规矩。

"将来还了得啊！""野兔爪"趁多米尼克不注意的时候说。多米尼克正背对着他像鹦鹉学舌般重复新船长的指令。

"什么将来还了得？"他猛地转过身质问，"你大概想去会会你的老朋友'闪电'吧？"

这个回击让人心头一惊。现在所有人都知道，他们可能会为最小的错误付出巨大的代价。

6月27日　星期一

"铁臂"显得温和一些了。昨天晚上，他和大伙一起庆祝他成为新船长。他们又一次胡喝了许多朗姆酒，酒醉后的高歌回荡不绝，甲板因为舞步而震颤……我不知道是怎样收场的，因为我早早就去睡了。醉鬼尽情做无耻事情的场景让我觉得恶心。

我躲在吊床深处，用衣服塞住耳朵，虽然还是能听到喧闹声，但我实在太累了，没多久就睡着了。

新的船长没有找我麻烦，没有指责，没有咒骂。即使我埋头写日记，他也不加批评。除了他突然产生的一个想法……

"小子！我要让你写点东西。"他靠过来对我说，"到我的舱房里来，把规则誊写好，让所有人都签名！"

我吓了一跳，这个亡命之徒讲出"规则"这个词来，着实离奇。我实在无法习惯。难道那些恶劣的行径还需要规则？

我跟着他到了他的舱房，里面一片狼藉。我曾经为"闪电"在航海日志上听写过那些著名的规则，现在这本日志堆在哪儿呢？我抬起各种盒子，搬开武器，挪走酒杯，滚走空酒桶，在一堆衣服里翻找，终于找到了这本航海日志。

我轻轻翻开，最开头有着"美丽宝贝"号时期沙博斜卧的字体，后面是我写的字，占了四页纸。当我瞥见当时记录的日期是1718年4月27日时，我的胸口顿时一紧。

距离我为"闪电"写下第一条规定已经有两个月了。我成为这些强盗的俘虏已经两个月了！在大海上漂泊两个月，孤苦无依，只能等待、忍受悲戚的命运！两个月就仿佛是永恒。

我又一次咽了咽口水，顺从地抓过鹅毛笔。

在我忙着写的时候，"铁臂"把船员们一个个叫进来签字，就像上次一样，没有人会写自己的名字。他们只是笨拙地或颤颤巍巍地画下一些符号。"铁臂"

很高兴地画下了他的绰号：一条挥动着宝剑的手臂。

7月4日　星期一

　　刚才，我发现日记本只剩两页了！我感到有些害怕，如何继续这项我无比珍视的工作呢？我到处搜寻，也只是徒然。这艘船上半张纸都没有，人们根本不需要纸张，几天前我手捧航海日志的时候，真应该撕几张纸下来。我怎么就没想到呢？我是个笨蛋，就这么简单。

7月7日　星期四

　　为了节约仅有的几张纸，我不得不缩短篇幅，这让我生气。此外，我也不知道有什么有趣的事情可写。事实上，没发生什么大事。日子在单调无聊中过得慢极了。忧伤把我团团围住，我丝毫没办法摆脱它。我付出了越来越大的代价来忍受这令人苦恼的俘虏生活，什么时候才能到头呢？我不知道。我只能祷告，祈求上帝。

7月10日　星期日

也许是上帝对我的怜悯，因为我幸运地发现……药柜里的两个药瓶间，夹着一本外科论文集！我想从上面撕几张纸，可是因为潮湿、霉菌还有灰尘，纸张已经粘连在一块儿了。在这本书的最后几页，我发现了一个宝藏：人体每个部位的解剖插图，而且配有说明！我高兴地浏览着每一页，辨认所有用拉丁文写的词。几天来，我都埋头钻研，背诵这些词汇，闭上眼晴重复。一个绝妙的锻炼记忆的练习！

倘若贝纳克先生瞧见我，一定会大为吃惊。当初他教我最简单的拉丁词汇，都费了不少力气。

我被迷住了，想知道更多的医学知识。"胖子罗贝尔"教了我一些初步概念，对我帮助很大。我是否已经把治病救人当成自己全新的职业方向了呢？这个想法让我很高兴，也让我摆脱了最近几天挥之不去的萎靡不振。

❀

7月18日　星期一

我大胆地做了，我为此而自豪！

昨天晚上，当所有人（包括"铁臂"和他的亲信）都四仰八叉地躺在甲板上时，我大着胆子走向了船舱。

我就像个淘气鬼一样，潜入了"铁臂"的房间，以最快的速度找到了航海日志。

真幸运，它还在上次抄写航海规则的地方。我心脏突突地跳着，注意着四周各种细微可疑的声音。我抓住最后几页白纸，把它们撕下。我感觉整间舱房都充满了撕纸的声音。万一被发现的话，我就死定了！正当我折起纸往衬衣里藏时，不远处，有个黑影溜过，我吓了一大跳，太阳穴突突地跳了起来。我蠢极了！只是一只老鼠。

我立马逃走了，回到甲板上，仿佛什么事情都没发生过似的。

当我把新的纸张夹到日记本里时，我长长地舒了一口气。我的双手都在颤抖。

我想又能坚持好些日子了！

7月20日　星期三

好了，我看完了论文集。现在我已经把里面所有的拉丁词汇都背熟了。为了牢牢记住它们，我每天临睡前都会重读一页。早上，当我醒来的时候，它们就会自动浮现在我的大脑里，都不用我费力去回忆。真是神奇啊！

"胖子罗贝尔"十分诧异，他慢慢翻阅这本书。

"你的小脑袋瓜里装了这么多东西，简直难以置信！这怎么可能？伊夫，你会有所成就的！肯定的……倘若我发生不测，"他笑着对我说，"凭你现在的本领，一定能轻而易举地替代我！"

这些话让我脊梁骨一冷。首先，我可不希望在这艘船上度过余生。其次，我可没想过要取代谁。我可没那能耐！

7月21日　星期四

"复仇"号换帅已有差不多一个月了。这期间都发生了些什么呢？我翻着日记本，发现自己没记下什么要紧事。我待在自己的角落里，埋头于日记本，冷漠地观望着那些无关紧要的事情，它们填满了一天又一天。说真的，没什么值得注意的。几次争吵、一两次海损、让船蜗牛般行驶的微风……掌舵的船长拥有至高无上的权力，船员对他唯命是从。任何事情都逃不过他的眼睛，一切尽在他掌握之中。

今天早上，他神情傲慢地宣布了一条迟迟来到的消息："驶向新普罗维登斯岛！"

这一消息产生了各种效果，有长舒一口气的，有点头的，有喜悦的，有拍大腿的，还有大笑的，等等。

新普罗维登斯岛是什么地方？不久我便知道了，这是另一个臭名昭著的海盗巢穴。就算比不上"闪电"带领我们停留过的奥克拉科克岛，两者至少也是齐名。在那儿，金条、金币很快就会像流水一般在筵席、朗姆酒、赌局中消失的……

我光是想象这个场景，便已感到了恶心……船员们越是高兴，我越是沮丧。

这次停靠又要持续多久呢？得纵酒作乐多少日子？要喝多少桶酒？又会打上几场架呢？

骤然间，长久以来在我内心积聚、沸腾的怒火一触即发。我选择去船舱一个人待着。在那儿，我双拳砸在舱壁上，号啕大哭。很久，很久……这让我觉得好受了点。

7月22日　星期五

一醒来，船员们就开始热情洋溢地干活了。显然，停泊新普罗维登斯岛这个主意让他们干劲十足。那些最敏捷的人在桅杆间像鸟儿般穿梭，其他人奋力擦拭着甲板，用水冲洗干净。

"别挡在这儿，伊夫，否则我们也要这样把你洗一遍！"

我不用别人请，自己就远远地躲开了这混乱的场面。我手肘支在舷墙上，凝视海平面，只有这样我才能舒服些。眼前的景色十分壮丽，一道五彩缤纷的彩虹挂在天边……

"哇，快抬头看啊……那边！"

我还没说完，就感到身后有个大个子撞向我。是拄着木腿的"酒瓶清道夫"，他每天早晨装上"胖子罗贝尔"为他制作的假肢后，总是跌跌撞撞的。

他用那强有力的手臂一把抓住了我正要伸出的手，猛地扭了一下。

很快，其他人都面色严峻地聚拢到了我周围。为什么他们对我如此粗暴，为什么要用这么凶恶的眼神看着我？

"好啊，你这个大知识分子！难道你不知道在船上是绝不能用手指这个的吗？""豁口牙"一边转向彩虹，一边训斥我道。

"你知道很多又有什么用啊？你不是什么都懂！""我的小乖乖"怒气冲冲地接嘴道，"天上的那个东西是会带来不幸的，真的！"

　　我方才明白过来，原来是这样，我并非故意犯错。我怎么知道在船上绝不能用手指着彩虹呢？实际上，关于在船上不能说、不能做的禁忌，我还有很多要学。

　　大家平静下来后，我跑去见了"胖子罗贝尔"，他告诉我：

　　"用手指指着彩虹会引来暴风雨的，这是水手们的古老信仰。小伙子，别去想为什么，就是这样的！"

　　他的解释有点简短。我也不再坚持……

7月23日　星期六

　　"你的彩虹可是让我们吃足了苦头啊。快，来帮忙啊……马上又是一场大暴风雨！"

　　就这样，"酒鬼"一边说一边把我拽出了吊床。我还在半梦半醒中，就已经听见好一阵子轰隆声了，但我万万没想到是暴风雨！

我睁开双眼，就已经到了甲板上。在那儿，我立马清醒了。

天空中密布着大团大团的乌云，真够吓人，正朝着我们这边飘来。海水都被染成了不祥的墨黑色。

"我们的节日可到了！"船员们奔跑着叫道。

"是啊，季节到了，是该遭受暴风雨了！"其他人回答道。

"铁臂"就像一个做着各种动作的木偶。他在甲板上焦虑地观察着天空，来来回回踱步。

他突然停下，可怕地叫道：

"帆缆水手们，收帆！"

尚未起风。水手们毫不费力地爬上了缆索。费利西安把炉子里的火灭了。最强壮的家伙负责填装火炮、搬运货舱里的货物。

我尽量不去惹人注意。尤其是别引起他们的重视，也不回答任何问题，即使他们深信这是我的错误！

我很高兴能帮助"胖子罗贝尔"整理药柜里散乱

的东西。他检查了一遍药柜，确定都结实稳固了。

下午时分

　　起风了，海风呼啸有一会儿了。船上下左右颠簸得厉害，我甚至无法让羽毛笔蘸到墨汁，也没法好好写字了。远处传来"铁臂"的大嚷大叫声。太吵了，听不清他在说什么！木质船身到处都在爆裂，发出恐怖的呻吟。浪花无情地拍打在船体上，发出巨大的响声，狂风呼啸着袭来。太可怕了！

过了一会儿

　　我真的开始害怕了。为了转移注意力，不去想倾泻而下的滂沱暴雨，我握紧了羽毛笔。最难的就是写字了……然而写什么呢？我并不知道，但是只要面对我的日记本，我就感到安心。当我处于困境时，它总能帮到我。它让我感觉自己不是消极地接受那些正在发生的事情。

　　船员们坐在了我边上，看到他们的脸色，我着实震惊。我们的末日就要到了。我从来没想过这些铁石心肠的人也会面色苍白。他们不安地皱起眉头，或是比画十字——他们已经这样比画了好一阵子。船无法承受这场风暴，大家能做的只有向上帝祈祷了。

❋

　　　　　　　　　　　　　　7月25日　星期一

　　这个日期是我随便写的，我不知道距离上次写日记后过去了几天。暴风雨真是一场可怕的打击，所有经历过的人都陷入了极度的疲倦之中。

　　对于在那段可怕时间里，所有突如其来的事件，我可怜的大脑无法理出头绪。然而，在我的尽力回忆下，我似乎逐渐找到了线索……

　　风暴在那天晚上肆虐到了顶点。狂风大作，卷起骇人的巨浪。即便"复仇"号已经遭到损坏，它还一直在坚持。

我在船舱里的时候，一阵不祥的爆裂声吓了我们一跳，大伙的血液都要凝结了。我和其他人一起爬上了甲板，同旋风还有滂沱大雨斗争。

甲板上一片末日景象。刚刚断裂的主桅横倒在地，边上躺着几个水手，一动不动。我们赶紧上前救援，但只是徒劳，太晚了。桅杆倒下的时候砸到了他们。"我的小乖乖"帮一个状况稍微好些的水手扯下了缠绕在他身上的帆布。那水手痛苦地大喊一声，缓缓起身，他的手臂似乎受伤了。我把他扶到了船舱里，去找"胖子罗贝尔"，然而他不在。他会不会在甲板上？我的心突突地跳着，再一次迎着暴风雨，出去找他。在跨过被桅杆击碎的舷墙时，我似乎听到了一阵呻吟。我靠近过去，看见几根手指正紧紧地抓着甲板的边缘。

"来帮忙啊！来帮忙啊！"黑暗中，一个微弱的声音低语道。

我赶紧去找绳子，好不容易在甲板上堆起的杂物里找到了一根。我尽自己所能，将绳子的一端绕在这个可怜人的双臂上，把他拉向我。别指望有人来帮忙，没人会想到我在这里的。我咬紧牙关，用尽全力拉呀拉，拉了很久，直到看见"铁臂"灰白的脸。我惊讶地跳了起来，我救的人竟是他？

当他的上半身到了甲板上，我累得瘫倒在地，我所做出的努力简直超出人类所能了！

我停笔不写了。我觉得头晕，没力气继续了……

7月26日　星期二

太阳刚刚升起，大家都还在呼呼大睡。我重新拿起我的日记本，继续记录这场该死的暴风雨。

"铁臂"得救了，然而"胖子罗贝尔"在哪儿呢？船头的状况也糟糕极了，大家在那儿找到了他，他在一堆帆布下蜷缩成一团。原来他在泥泞的甲板上重重地摔了一跤，折了一条腿。

风开始减弱。渐渐地，我们终于恢复了精神。

"外科医生受伤，这简直太过分了！""万能钥匙"为了缓和气氛说道。

"谁来治疗那些腿受伤的人呢？""我的小乖乖"问道。

所有目光都投向了我。

"啊，就是你了，大知识分子！""豁口牙"咧嘴笑着说。

所有在场的人都大笑不止。

"胖子罗贝尔"皱着眉头抬起头。显然，他很疼！

"他们说得对……别担心，你根据我的指导去做。"

我只觉得不知所措，我凭什么替代"胖子罗贝尔"？我远没那个能力，可千万别指望我啊！

我想好了这些话准备回应。正当我要说出口的时候，我看见了"胖子罗贝尔"恳求的眼神。

于是，我改口了。我耸了耸肩，宣布道：

"来吧，开工！"

任务真够艰巨的。幸好船不再前后左右颠簸了。风暴走远了，风也减弱了。

他们把伤者抬到了船舱里。"胖子罗贝尔"躺在离我不远处，靠在帆布包上，抬着头观察指导我的每个动作。我喂每个人吃了足剂量的烈酒，来缓解他们的疼痛。外科医生出于谨慎，他自己倒没有全部灌下去。

"你要是把我灌醉了，我怎么帮你呢？"他疲倦地露出一丝笑容。

效果立竿见影，伤者们的脸庞松弛了下来。于是我便开始进行大家托付给我的细致工作了。

真幸运，那个手臂受伤的家伙并没有骨折。只有一块大血肿覆盖了整个肘关节，让他动弹不得。"胖子罗贝尔"伸出手，指向药柜，低声说了几种药剂的名称。就这样，治疗并不十分困难。

我专心致志，按着外科医生的指导工作，显得颇为在行。我的脑海里又浮现出"胖子罗贝尔"治疗时的动作，我一丝不差地重复着。突然我感到不安起来，一想到接下来的任务就有些怔住了。我可从来没见过骨折复位。我该如何下手，要怎么做呢？

费利西安和"野兔爪"来帮我了，他们的帮助给了我勇气，让我得以迎难而上。

"胖子罗贝尔"显示出了非同寻常的力量，他在承受着巨大痛苦的同时，还得指导我。这给了我力量，我必须好好干。他大叫大嚷，疼得眼泪直流，胡乱挣扎。不过我还是坚持了下来，尤其是当我们奋力用身体压住他，在他腿上贴住充当夹板的木片时。

此刻，外科医生的脸一片灰白，疼痛到达了极点，他必须得承受住。多亏了鸦片酊镇静剂，他陷入了无意识的状态。过了一会儿，他的心跳和呼吸都恢复到了正常的节奏……"胖子罗贝尔"得救了，我也松了口气！

这个艰难的任务算是完成了，但还没到休息的时间。

风暴造成了巨大的损失，现在得修补了。首先，要把漫进船舱内的水抽走。然后，要修补帆缆、舷墙，修理主桅……可以说，没有一件是简单的活！

我无法忘却这个日子……我的心都快跳爆了。怎么说呢？我颇为烦躁不安……写下这些词语几乎让我弹向天空：我就要被释放了。我就要被释放了。

我就要被释放了……我不厌其烦地重复这句话。如果有人问我，我会向他们吹嘘、宣布、歌唱、大叫，直到嗓音哑掉为止！

"铁臂"刚刚对我宣布了这个消息……我承认，自己从没想过他会有这样的举动！

"小子！"他郑重地对我说道，"我想和你谈谈。"

他说话的语调显得非同寻常，我疑惑地跟着他。他想要我做什么呢？写东西？一个特别的任务？

在他的舱房里，他紧挨着我，宣布道：

"小子，你的行为称得上是个大英雄！"

从他的嘴里说出这样一句话，让我目瞪口呆。我听清楚了吗？

他继续道："你替代'胖子罗贝尔'治疗伤员，还救了我的命。这样的举动应当得到奖励……"

猛然，他变得沉默了，随后绕着桌子踱步，真吊胃口。他接着宣布：

"我决定还你自由。"

好一会儿，我都在想这个大恶棍是不是在和我开玩笑。一个笑话？长久以来，我都鄙视这些海盗……尤其是恶作剧和阴谋之王的"铁臂"！可别上当了！

然而，他两眼深处闪现出微微的真诚之光，他越往下说，我便越相信这是真的。

"明天，我们会停靠奥克尼群岛，在那儿把你放下。那儿经常有船驶往圣多明各。别担心。你只要付上几埃居，就可以搭乘，你便能重获自由了……"

我怔住了。这是真的吗？"铁臂"所讲的真的会实现吗？

我咽了好几次口水，瞪大双眼，完全说不出话来。他告诉我的也许是真的？是的，的确是真的！

看我疑惑的样子，海盗头子给了我一个装得鼓鼓的钱包。

"这是'铁臂'的承诺！"他说着眨了下眼睛。

然后，他转身离去。

我坐在楼梯的台阶上，手里握着钱包。为了说服自己，我自言自语道："我就要被释放了，我就要被释放了。"现在，我真信了。

尾声

8月16日　星期二，法属圣多明各

好一阵子以来，我不停地拿笔蘸墨水，在这本日记本凹凸不平的纸面上写着日记，呼吸着它潮湿的气味……从哪儿开始呢？

到现在，我从"复仇"号上下来，回归陆地已有两个星期了。我觉得仿佛过了几世纪！

在这儿，圣多明各岛上，我逐渐恢复了正常的生活，就像逐渐从一场大病中痊愈。

我叔叔的一个熟人泰西耶先生，他也是商人，好心接待了我。多亏他的亲切关怀，我一到他那儿，他就让人给我裁衣服，让我穿上新衣服。食物也健康丰盛，每晚都能酣畅入睡，可以说我也长得更健壮了。

每天早晨，这个好心人都会去码头打听近期往来的船只。几天后，"玛丽-让娜"号就要出海了，这艘船每个月去小安的列斯群岛的马提尼克岛时，都会经停这里。我希望能够搭乘它去我叔叔等我的那座岛屿。再然后，如果上帝保佑，我最终会到达著名的法兰西王国！写到这里，我几乎不敢往下写了。我终于能够实现已经辗转反复很久的梦想了：不按照家族的意志成为一个制呢绒工人，而是继续学医，治病救人。这次历险让我重新认识了自己。成为医生，救死扶伤，缓解病痛，才是我最强烈的愿望。当然，我需要有极大的耐心来达成心愿。我相信我有这个意志和决心。

在结束记叙前，我还要讲述一个我亲眼所见、令人震惊的场景。前天，当我在码头闲逛，迎风享受自由的滋味的时候，一对情侣以一种奇特的方式在我面前散着步。他们并着肩趾高气扬地走着，穿着十分华丽。猛地，我的心跳几乎要停止了，我立刻躲到了一堆木桶后面。毫无疑问，是他们！我可没在说胡话：是令人害怕的海盗"闪电"，边上那个伙伴，就是追随他的女海盗！他们就在我面前！

泰西耶先生知道这一切，他笑着告诉我他们每天都这样在码头显摆。然后，他说科尔内留斯·勒当蒂（这是"闪电"的真名）原来是个海盗，现在被总督布拉克先生雇用了，以弥补他的恶行。这件事在这儿，人尽皆知。总督先生委派了一桩非常特别的任务给他：赶走所有接近这座岛的海盗……他应承了下来！

多美妙的任务啊！多大的转变呀！这些混蛋海盗，简直无所不能！

安的列斯群岛的海盗

一片美丽的绿松石色海面，被温润的海风吹拂着，其间点缀着数以千计的小岛。可别被迷惑了，这个宛如天堂般的海域，两个世纪以来一直是海盗出没最猖獗的地方。在16至18世纪，这个海域庇护着最凶恶的强盗和流氓。他们在此会合，等候货舱里满是财宝的西班牙船只驶过，伺机猛扑上去，劫持船只。这儿有的是机会，最大胆的强盗往往神出鬼没，出奇制胜，收获了赫赫盛名！

所谓"哪里有猎物，哪里就有狂徒"！

在那些遥远的年代，海盗让货船上的水手发怵，他们敢于挑战大船，像从地狱深处突然冒出来的一样。

16世纪，随着新大陆的发现与贸易新航线向大西洋、远东地区延伸，海盗们的活动范围大大拓宽了。"黄金大陆"点燃了人类的贪欲，西班牙殖民者闻风而来，在那儿安居，开垦财富，将堆积如山的金银运回欧洲。随后，由于分赃不均，西班牙的敌人出现了，先是法国人，随后是英国人、荷兰人。他们打着合法的幌子开始劫掠，还手持委任信表明是国家首脑或是总督派遣他们来的。渐渐地，在这些航线上出现了一伙伙流氓、海盗，他们和全世界作对，不遵守任何法律，除了他们的海盗规则。

加勒比海是一个理想的根据地。那里是西班牙商船的必经之处，而且海风和气流情况复杂，大船无法通行，暴风雨威力无比，暗礁和沙洲都未在地图上标示……这片危险的海域里有无数海岛，形成了犬牙交错的海岸。岛上满是茂密的树林，给秘密活动提供了绝佳的土壤。只有少数几个监管严密的岛屿，专门为西班牙人提供补给，其他岛屿都无法无天，任海盗肆意妄为。海盗采取暴力使岛上的土著灭绝。他们凭此拥有了可靠的庇护所，安顿、修理他们的船只，吃饱喝足。一有西班牙船经过，强盗们就开始尾随，试图给予致命一击。他们眼中闪现出对金钱的狂热，就连做梦也是如此。这使得他们能做出最放肆、最残忍的举动。

18世纪，由于海盗的黄金时期结束了，抢劫商船的海盗们遭到各国的驱逐和围捕，他们逐渐放弃了加勒比海，转战北面的巴哈马海域以及美洲沿岸，还有的热衷去更远的印度洋海域冒险。

大事年表

1492 年：克里斯托弗·哥伦布发现新大陆。

1494 年：西班牙和葡萄牙签订《托尔德西利亚斯条约》，商定美洲大陆战利品分配。

16 世纪至 18 世纪初：海盗在加勒比海域处于顶峰时期。

1540 年：发现墨西哥及秘鲁银矿。西班牙殖民地与西班牙本土间开始进行贵金属贸易。

1640—1641 年：法国占领龟岛。

1655 年：英国人占领牙买加岛，此地成为海盗的老巢。

1666 年：法国人米歇尔·勒巴斯克及弗朗索瓦·诺（即弗朗索瓦·奥洛诺）远征"金矿之城"马拉开波。

1668—1671 年：英国人亨利·摩根在金矿之城马拉开波、贝罗岛以及巴拿马活动。

1701 年：印度洋海盗威廉姆·基德在伦敦泰晤士河岸自缢。

1713 年：《乌得勒支和约》签订，结束了西班牙王位争夺战，加勒比海域中的海盗活动一度停止。

1716 年：巴哈马海盗合伙，随后又与马达加斯加海盗合伙。

1716—1718 年：骇人的"黑胡子"海盗在海上抢劫。

1718 年：英国国王乔治一世原则上赦免英国海盗。法国判处海盗死刑，并没收海盗及其同伙的财产。

1720 年：逮捕多年横行于加勒比海的约翰·雷克汉姆及其同伙安妮·邦尼、玛丽·里德。

1775—1781 年：美洲英属殖民地独立战争。

词语解释

左舷：指站在船上面朝船头时船的左侧。

右舷：指站在船上面朝船头时船的右侧。

艏斜桅：位于船头的桅杆。

捻缝工：负责船各部分防水的工人。

食品储藏室：船上储藏食物的舱位。

吊索：用来升帆的绳索。

舱口：位于甲板处的长方形开口，通往船内部。

帆缆水手：负责操作及维护帆的水手。

帆缆索具：所有用作控制帆的绳索和滑轮。

侧支索：防止桅杆移位的绳索。

桅楼：长方形平台，前部呈圆形，位于两根重叠的桅杆之间。

前桅：位于最前面的桅杆。这个词还可以用来指船上最低的帆，也称作"前帆"。

海军下士：海军第一级军衔。

缩帆：收好紧靠横桁的帆，不提供动力。

横桁：圆柱形长条，横贯桅杆，用来支撑方形帆。

相关作品

《海盗的踪迹》，作者：蒂埃里·阿普里勒，伽利玛青少年出版社

《海盗》，作者：多米尼克·若利，旋风出版社

《海盗及海盗船词典》，作者：多米尼克·若利，马蒂尼埃青少年出版社

《海盗船及海盗》，作者：里夏尔·普拉，"发现之眼"系列，伽利玛青少年出版社

《海盗的女儿》，作者：贝亚特里斯·博泰，巴亚尔青少年出版社

《在黑色旗帜下：海盗和劫匪》，作者：菲利普·雅坎，伽利玛青少年出版社

《加勒比海盗》，导演：高尔·韦宾斯基，主演：强尼·戴普、奥兰多·布鲁姆以及凯拉·奈特利

《海盗》，导演：罗曼·波兰斯基，主演：华

特·马殊

《黑胡鬼》，主演：皮特·乌斯蒂诺夫、迪恩·琼斯

《牙买加飓风》，导演：亚历山大·麦肯德里克，主演：安东尼·奎恩、詹姆斯·柯本